下重暁子

明日死んでもいいための44のレッスン

GS
幻冬舎新書
608

明日死んでもいいための44のレッスン／目次

DTP　美創

パートI

「死」をよく知ると、怖くなくなる

友人達が立て続けに死んだ

黒鶫《くろつぐみ》が死んだ。軽井沢の山荘のガラスに頭をぶつけて。失神しているのだろうと、様子を見たが、動くことはなかった。

たいていの場合、しばらく横になっていて、気づくと姿がない。脳しんとうを起こして、治れば、飛んでいく。透明なガラスが遮《さえぎ》るものだとは思わず、突進してしまうのだ。黒鶫は、よほど運が悪かったとみえる。

東南アジアで越冬し、5月頃、日本へ渡ってくる夏鳥である。まさかこんなところで、ほんとうに死んでしまうとは、思いもしなかったろう。まだ体は温く、落葉松《からまつ》林の中をスーッと風に乗っているつもりかもしれない。

山吹の下に布にくるんで、そっと葬《ほうむ》った。

このところ親しい知人が、立て続けに死んだ。寸前まで元気だったので、とても信じられない。50代のフリーのライターとは、次に出す本の最後の打ち合わせをしていた。「はじめに」と「おわりに」を送った礼がメールで来て、「明日電話でお打ち合わせしましょう」とあった。

待てど暮らせど、次の日もその次の日も、電話が来ない。おかしいとは思ったが、しっかりした仕事のできる女性で信頼していたから、こちらから連絡することなく待った。するとと4日目に、彼女のつれあいの男性からメールで、

「永眠しました。お世話になりました」

と連絡が来た。なぜどうして、と声も出なかった。10日ほど前に会ったときは元気そうだったのに。

卵巣ガンの末期で急に入院したというが、ほんとうだろうか。一緒に本を作っていた出版社の編集者も信じられないという。彼女が連載中だった週刊誌の原稿も、編集部にきちんと届いていた。

その少し前のことだが、旅仲間の奥様から連絡が来て、「主人の調子が悪いので、大きい病院に検査に行くと、血液のガンと診断され、そのまま入院しました」とのこと。病状は急激に、日一日と悪化し、入院後わずか1週間で亡くなった。おそらく本人が、まだ自分の死を認められないはずだ。

カンボジアの世界文化遺産で、アンコールワットより古く、岩山の上にあるプレアビヒア遺跡に連れていってくれた。70代で笑顔が爽やかな、山好きの男性だった。

その男《ひと》と前後して、またショックなことがあった。私が趣味の声楽を習っていた日比《ひび》啓子《けいこ》さんというソプラノ歌手の訃報が届いた。彼女は東京藝術大学出身で、ドイツで活躍し、帰国後、二期会でオペラやオペレッタを唱い、方々の音楽大学の教授をかけ持ちしていた。ドイツリートをリサイタルで唱う時は、私が歌詞を朗読した。

現役の教授で、弟子も数多く、とても病気とは思えなかった。血液に関係するガンであったとのことだ。

とびきり元気で気持ちのいい友人達の死を立て続けに知ることになり、人はいつ死んでも不思議ではないのだと心から思った。頭ではわかっていても、今回ほどそう思わされたことはない。しかも新型コロナウイルス感染拡大の真っ只中である。コロナに罹患した志村けんさん、岡江久美子さんもあっという間に悪化して死に至ったと聞く。

死は、誰にでも例外なく訪れる。私とて、同じである。明日、死ぬかもしれない。死んでもおかしくはない。人間の寿命はわからないのだ。

その予感は、多少なりともないものだろうか。

人は生きてきたように死んでいく

私の母は心臓が悪く、何度か救急車で運ばれたが、ある時、「今度はほんとうに死ぬ気がする」と確信を持って言った。そして予言通り、5日後に死んでいった。

できるなら私もせめて、そうした勘を日頃から磨いておきたいと思う。全く死を考えず、いつも逃げてばかりいても、逃げおおせるものではあるまい。

いつかつかまってしまうくらいなら、日頃から死を身近に感じておくことが、役に立つ。死への覚悟のようなものができているかどうかで、死に方も変わってこよう。

覚悟さえできていれば、生き方も変わってくる。死に方は生き方、生き方は死に方。生まれた時から死への行進は始まっているわけだから、人は生きてきたようにしか死ねない。

死は生の延長線上にあり、生の終着点なのだから、死の瞬間だけすばらしくありたいと願っても無理というものだろう。

ただ淡々と、昨日と同じ歩みを進めて今日があり、明日がある。

明日死んでもいいためには、今日しっかりと生きておかなければならない。重い病床にあろうと、健康であろうと、明日をも知れぬ命であることに変わりはない。

明日死んでもいいと本気で思っている人はいないと思うが、明日死んでも仕方がないのだ。

その時にじたばたするくらいなら、日頃から死と馴れ親しんで、最後に醜いザマをさらしたくないと私なら思う。

そのためには、どうすればいいのか。今この時を、しっかりと踏みしめておくしかない。

明日死んでもいいということは、今をいかに生きるかという自分自身への問いである。家の大黒柱や庭の樹に体をしばりつけて「いやだいやだ」と言ってみても、死は確実にやってくる。否応なしに、あちらの世界に連れていかれるのだ。

もし明日死ぬと言われたら、私ならどうするか。強烈に死を恐れたり、逃げようとはしない。死にたくはないが、「まあしようがないか」というのが本音だろう。

一種の諦観《ていかん》というべきか、「まあいいか」「私の人生こんなものだ」という思いはある。それなりに懸命に仕事も好きなこともやってきたし、欲を言えば、きりがない。

樹木希林さんは「一切なりゆき」と言った。「あるがままに」「私なりに」と自分の人生を肯定できれば、明日死んでもいいと、従容として死におもむくことができると私は信じている。

死んだ人を思い出すことが供養になる

知人のリベラル派政治家の亡くなり方は、見事だった。友人が秘書を務めたことがあるので話を聞いたのだが、彼は晩年ガンを患っていたが、趣味人で、私生活においてはエピキュリアンであった。

エピキュリアンとは、訳して享楽主義者。言葉にするとあまりいいイメージをもたれないかもしれないが、実際の彼はプライベートな生活を楽しむことに長《た》けて、洗練された精神的快楽を求める人であった。美術や音楽を愛し、食を愛し、とりわけワインに耽《たん》溺《でき》する舌を持っていた。

北海道にある彼の山荘につれあいと二人で招かれた時の、暖炉の前での芳醇なワインの味と、自ら焼いてくれた肉の饗宴《きょうえん》を忘れることができない。

最期の瞬間、家族をはじめ、心を許した親しい人だけが枕元に集った。彼がもっとも愛した赤ワインがすでに用意されていた。長年その日のためにとっておいた極上のワインがみんなに配られた頃、彼はベッドから身を起こし「乾杯」と全員で祝い、ワインを飲み干した。

そして、間もなく亡くなったという。

できすぎた話のようだが、ほんとうのことだ。そうだろうと想像がつく。

彼の人生は、その日のためにあった。たぶん心から満足してあの世への階段をのぼったに違いない。

ほろ酔い機嫌で、足許《あしもと》はおぼつかなかったかもしれないが。

しかし、ある友人は言う。「あのワインでよかったのか。ほんとうに愛していたワインは、全員に渡らないので諦めた。最期にちょっとだけ悔いが残ったのではないか……」と。

その後悔や、よし！　この世へのわずかな未練と、愛する人々のこれからに心を残し、逝くことができたのだから。

我々凡人は、悟りを開いて死を迎えた高僧たちのようにはいかないから、一番大切なものを残し、後悔しつつ死んでゆくのもいい。

後悔とは、広辞苑によれば「前にしたことを後になって悔いること」である。

「後悔先に立たず」ともいい、事が終わった後で悔いても手遅れだというわけだが、ことに死の瞬間、頭をかすめた後悔は、これはもう絶対にとりかえしがつかない。

死んだ当人はすでに幽明境《さかい》を異《こと》にして、その未練や後悔もすっかり霧散してしまっているかもしれないが、しかし、この世に残された人々の記憶には残っている。死んだ人の後悔が、生きている人の心に存在していることで、思い出になる。

思い出とは、思いを出す、ということだ。死んだ人の思いは、その人の後悔という形をとって、いつまでも残るだろう。

最期に乾杯したエピキュリアンの彼のことも、残されたワインと共に語り継がれる。そうやって誰かから思い出されるたびに、死んだ人はよみがえるのだ。

だから私は、死んだ人のことを、機会あるごとに意識して話す。

そのたびに、彼や彼女達の声が聞え、微かに私の頬をなでて彼等が通り過ぎる気配を感じることができる。

「いつ死んでも後悔する」生き方もいい

後悔はあった方がいい。後悔とは、思いが残っている証拠なのだから。

その意味で、いつ死んでも後悔する生き方がしたいというのも、アリだと思う。

私にしたところで「明日死んでもいい」と言いながら、この世に思いを残して死にたいと願っているということは、後悔がどこかにあるということではないか。

満足して死んでいったというのは、どことなく嘘っぽい。思いを残して死んでいく方が、人間らしい。

例えば、恋。かつて若い頃、10年間夢中で惚れた人がいた。運命的な出会いだったが、私はその恋に賭けることができなかった。そのことがどこかに引っかかっていて、私が書く文章の中には、いまだに彼が登場する。

これが後悔でなくて何だろう。自分では後悔ではない、正しい選択だったと信じているが、今も後ろ髪を引かれている。その意味で私は確実に、後悔を抱えたまま死んでいく。それも、また楽しからずや。

自己表現をする手段として、私は若い時から物を書くことを選んでいたが、実際にもの書きの自覚ができた時はすでに70を過ぎ、80を過ぎた今なお、書きたいものは書けていない。

ひそかに綴《つづ》ってはいるが、さて、息を引きとる瞬間までにできあがるだろうか。これもまた後悔といえば後悔かもしれない。ある意味、私は後悔とともに生きているとも言える。

言葉を換えれば、後悔という私の思いがなくなった時に、私は死ぬ。

もし可能であるならば、私は私の思いを、あの世まで持っていきたいと思っている。

死んだら無になるというより、よほど夢があるからだ。

世間体ありきで生きると、老年に後悔する

気がついたら、私はいわゆる高齢者になっていた。しかも後期高齢者らしい。

困ったことに、私には全くその意識がない。自覚がないのだ。そのくせ、友人・知人が亡くなったりして新聞に年齢が出ていると、「あら、いい年《とし》だったのね」と思ってふり返ると、私の方が上だったりする。いい気なものである。

『年齢は捨てなさい』（幻冬舎刊）では、年齢に縛られる下らなさを書いたが、それが私の本音である。

「もう還暦を過ぎたから」だの、「75歳の後期高齢者になってしまった」だの、「80過ぎた老人だから何もできない」だのと、自分で自分を縛ってしまう。こんなつまらないことはない。

無理をせず自然体でいる限りにおいて、私は今が一番、心も体も病んではいないし、仕事もできる範囲でこなしている。おかげさまで仕事の依頼も多く、他人に必要とされていることぐらい嬉しいことはないので、仕事をこなすうちに一日があっという間に過ぎ、それが積み重なって結果が出る。

表現したいことはまだ山ほどあるし、その方法をあれこれ試みるのも楽しい。

その先に死があると考えても、立ち止まることなく、そこへ向かって歩んでいくことができる。

考えてみると、若い時から今に至る道のりは、自由を獲得するための日々であった。その自由を手にするためには、二つの大きな条件がある。精神的な自立と経済的な自立である。

精神的な自立とは何か。自分で考え、自分で決断し、自分で行動する。

この世は常に、他人《ひと》との関わりの上に成り立っている。他人に気に入られることばかり考えていると、他人ばかり気にして、自分に本来あったはずの自分らしさが、気づかぬうちに雲散霧消してしまう。

後悔する生き方とは、まず他人ありき、世間体ありきで、他人に合わせて自分の人生を決めてしまうことにある。

特に日本人は、他人に迷惑のかからぬよう、そればかり気にして生きている。それを基準に生きているといっても過言ではない。

馴れてしまうと、その方がある種楽なので、自分の意見を言わずに他に従うなど、楽な方楽な方へと流れる。気がつくと自分で選択できず、何事も他人基準で決めるしかない人生を送る破目になる。

挙句、愚痴と文句しかない老後に放りこまれて、年をとるごとに泥沼に沈んでいく。そんな人生を送りたくはない。

とはいえ、誰だって一度や二度、自分で選択せずにシマッタと後悔することはある。私も人生の大きな選択を自分で決めず、他人の意見に従ったことがあった。28歳の時であった。放送局（ＮＨＫ）にアナウンサーとして勤め、ベテランになりかかった頃、当時力をつけてきた民放から昼のワイド番組の初の女性キャスターにと話があった。私には今が翔《と》ぶ時とわかっていた。

仕事や恋愛も順調だった。私はもともともの書き志望だったが、当時新聞社も出版社も募集は男性のみで、同じく言葉を使うという理由でアナウンサーになった。

しかし、いつかは活字の世界に行きたいと思っていたので、放送の世界に足をとられる前に翔ぶ必要があった。キャスターをしながら活字の世界に少しずつ歩を移していくつもりだったからだ。

当時私には惚れに惚れた恋人がいた。彼に「こんな話があるんだけど……」と言うと、次の日こう言った。

「母はＮＨＫにいた方がいいと言ってる」

きっとそれは、彼の意見でもあったろう。コンサバティブな考え方であるのはわかっていたが、よほど惚れ切っていたのだろう。またとないチャンスを断らざるを得なかった。

その後、再び機会はあったが、すでに太陽は背中に隠れ、翔んだ後の仕事は1年で終わり、恋をも失う破目になる。全て、自分で選ばなかったせいだ。自分で選んでいれば、結果がどうあろうと、自分の責任として引き受けられる。

他人の意見に従って自分で決断しなかったことは、ずっと後まで尾を引いた。私は自分で自分に落胆した。

そして決めたのだ。以後どんなことがあっても、自分で決めて生きていくと。そして、その通りに生きてきた。その結果どん底へ落ちようとも、自分の決断なら潔くいられる。

とはいえ、よく考えてみると、あの時、彼の言葉に従ったのも私の決めたことに違いなく、責任は私にあるのだが……。

もう一つの経済的な自立についてだが、私がそれを初めて意識したのは、国民学校（今の小学校）3年の敗戦の時。大人達の変容ぶりを見て、私は自分一人は自分で養うと決めたのだ。自分を食べさせることさえできれば、なんとかなる。他人までは養えないが、経済的に自立していれば、他を気にせず何事も自分で自由に選択できる。

後悔するのは、自分で決断しなかったことが根本にあるのは間違いない。

運・不運もあるし、時代の趨勢《すうせい》もあるが、自分で考え、決めていれば、後悔はない。

あの時ああしておけば……とか、こんな道もあったのに……などと、うだうだ考えて鬱《うつ》になるより、「あの時決めたのは私」とさえ思えれば、「あれでよかった」「あれしかなかった」と自分で納得することができるのだ。

早くに亡くなる人は不幸なのか

人の寿命は、生まれた時に決まっているのだろうか。未熟児で生まれたり、子供の頃、体が弱かったからといって、早死にとは限らない。

健康優良児だったのに思いもかけない病にかかったり、健康に日頃から気をつけ、ジム通いを欠かさなかった友人の方が、私のまわりでは早く亡くなっている。

なぜだろうか。私について言えば、まさかこんなに長生きするとは、本人もまわりも思ってはいなかった。

父の家系は結核が多く、母も最初の夫を結核で7年看病した後に亡くしている。私が小学校2年生で結核と診断された時は、ショックだったに違いない。

今でも感染症ではあるが、当時は特効薬がなく、死病といわれていた。

だから母は必要以上に、私については栄養、環境、医者とできる限りの手をつくし、過保護に育ててしまったに違いない。

戦争が激しくなり、都市部では空襲も日常茶飯事になりつつあったから、特別に縁故を頼って父の転勤先の大阪に近い奈良県境の信貴山《しぎさん》上にある老舗旅館三楽荘（現・信貴山観光ホテル）、池に面した数寄屋造りの離れを一棟借りて、眺めのよい部屋に隔離された。宮家が宿泊するために建てられたらしく、厠《かわや》だけで畳敷きの四畳半という凝った数寄屋造りだった。

そこで朝、昼、3時、夜と熱を測り、向かいの老舗旅館を借りあげた陸軍病院から一日おきに医者が来て、ヤトコニンという静脈注射をうっていった。

それでも一向に快方に向かわなかった。そして、3年生の夏に敗戦を迎え、もはや誰も私を特別扱いなどできず、喰うや喰わずの生活の中、もと通っていた学校にもどったら、病気は治ってしまった。

私は、自分は長くは生きられない、大人になる前に死ぬに違いない、と思っていた。

「夭折《ようせつ》」という言葉があるが、自分もそうなるだろうと悲劇のヒロインを夢みていた。

中学に通うようになっても、吉屋信子の『花物語』をはじめとする少女小説を片っぱしから読んで、薄幸の少女を自分にあてはめていた。

学校にもどった頃、仲よくしていた近所の少女が亡くなった。当時は珍しかったが、今でいう白血病だったのだろう。

その病名のように透き通る白い肌をした、頭のいい少女だった。

急に見かけなくなったと思っていたら、あっという間の出来事だった。

その少女の名前はS。顔は今でもはっきり覚えている。切れ長の一重瞼《まぶた》で、いつも優し気な笑みを浮べ、体の弱い私をいたわってくれ、学校の行き帰りもたいてい一緒だった。他の子が結核だった私を避けても、彼女は私と一緒に行動してくれた。

なぜ私より先に死んでしまったの？――その家の前を通るたびに、何事もなかったかのように出てくるはずと、夕暮れ近くまで生け垣にもたれて待っていたものだ。

その少女のことを、私は忘れたことがない。夢に出てくることもある。父母など夢で出会うことは一度もないのに。当時の他の友達のことは何一つ記憶していないが、彼女だけは特別なのだ。髪をおかっぱにして白と黒のチェックの洋服を着て、子供の頃背の高かった私を見上げている。後年、「白い少女」というタイトルで、私が詩を書いて唱ったレコードのモデルは彼女である。

なぜ彼女のことを忘れないのか。それは早世してしまったからだ。大好きな人がまだ死が何かもわからぬ子供の頃に、急に目の前から消えた。消えたからこそ、その面影が克明に浮ぶのだ。

早くに亡くなった人は、残された者の心の奥に、深く刻みつけられる。私の中では、彼女は今も死んでいない。夢の中で手をつないで、二人で学校に行っている。
早くに亡くなった人は、決して不幸ではない。人の心の中に自分の姿を刻みつけ、生きていた時以上に印象深く、生き続けるのだ。

自分のやりたいことをどれだけできたかで幸不幸は決まる

画家はおおむね夭折《ようせつ》するか、長生きかのどちらかである。例えば松本竣介《しゅんすけ》（36歳）や村山槐多《かいた》（22歳）などは、その人生は短くとも、生命を燃焼させて生きた。西洋でいえば、ゴッホ（37歳）をはじめ枚挙にいとまがない。長生きした画家でいうと、横山大観が89歳、奥村土牛《とぎゅう》が１０１歳、熊谷守一《もりかず》が97歳まで生きた。

詩人では中原中也（30歳）や立原《たちはら》道造（24歳）、女性作家では樋口一葉（24歳）、田沢稲舟《いなぶね》（22歳）などなど、若くして亡くなった人々は、人生を凝縮して生きたのだ。

人間の幸不幸は、生きた時間の長い短いではなく、その中でどれくらい自分のやりたいことを実現できたかによる。だからこそ夭折した画家達も、決して不幸だとは言えないと思う。

夭折を夢見て、いまだに醜い生をさらしている方が、よほど不幸かもしれない。私自身は、こうなったら後は長生きするしかないかと開き直っているが。

しかし、不幸であると言わざるを得ない生もある。それは、他人の手で、生を刈りとられた場合だ。

特に戦争という形で多くの若い尊い命が失われてしまった。彼、彼女達は決して死にたかったわけではない。魂を燃焼させて逝ったわけではない。

多くの想いを残しながら、死なざるを得なかった。志半ばで生を無理矢理に奪った非道を、私はどうしても許すことができない。

先の戦争（太平洋戦争）でいえば、鹿児島の知覧をはじめとした特攻基地から飛び立って、二度と帰らなかった若者達。その手記などは涙なしに読むことはできない。

長野県の上田市に、窪島誠一郎さんの手になる無言館がある。ここに才能ある画学生達が短い人生の最後に描いた絵が飾られている。

今年も画学生の供養台が設置されたが、彼等の絵と向き合っていると、彼等が伝えたかったこと、訴えたかったことが胸につきささる。

これを不幸といわないわけには、どうしてもいかないと思うのだ。

長生きが幸せといえない理由

日本人の平均寿命は男が約81歳、女が約87歳だという。過去最高を更新している。その理由は、厚生労働省によると、三大死因である「ガン、心疾患、脳疾患」による死亡率の低下にあるという。

平均余命というのは、ある年齢の人が、あと何年生きられるかという期待値だ。日本の平均余命からいうと、84歳の私は、平均余命はあと9年あるとのことだ。

太平洋戦争が終わった昭和20年は、男性の平均寿命が23歳、平均余命が28歳だったというから、戦後75年を迎え、大幅に延びたことは疑いがない。多くの男性が出征し、戦争で多くの命が失われたことを考えると、その人為的な減少には言葉もない。

もう一つ「健康寿命」というのもあって、元気に自立して過ごせる期間のことだそうな。それは平均寿命より男が約9年、女は約12年短いという。

人生100年時代などといわれる中、健康寿命なるものが短いとなると、介護などで他人の手をわずらわせねばならないことになる。すると、長生きが幸せとは一概には言えない。

むしろ不幸な場合も多い、ということができる。

「長生きしたくない」「ぽっくり逝きたい」、さらに「安楽死」の是非に至るまで、高齢者達が抱える切実な問題は山積している。

私自身は子供の頃、意味もなく夭折に憧れていたくらいだから、あんまり長生きはしたくないと思っていたし、するわけがないと思っていた。

すでに長生きの範疇《はんちゅう》に足をつっ込んでいるのに、長生きの自覚もない。なんとか目の前にぶら下がるものを追って一日一日を走っているうちに、気がついたら年を重ねていたということは、有難いことには違いない。

自分の体に耳を澄ます癖がついているから、調子がよくないと、本格的に悪くなる前に用心して治してしまう。

幼い頃の2年間の隔離生活は決して楽しくはなかったが、想像力をたくましくしたり、妄想にふけったりすることを知り、一人遊びが上手になった。しかし、どこかで再び病に臥《ふ》すのはいやだと思っていたのだろう。子供達が泳ぎを覚え、自転車の練習に明け暮れるのを他人事と見ていたから、私はいまだに泳げないし、自転車にも乗れない。

自転車に乗れないのに日本自転車振興会（現・ＪＫＡ）会長をしていた頃、かつて競輪選手だった中野浩一さんはじめ、何人もが教師として自転車指導の手をあげてくれたが、結局挫折した。やる気がなかったのだと思う。あるいは私の人生において、泳ぎも自転車も重要なものとは思えなかったのだ。

だからといって後悔はしていない。自分のするべきこと、やりたいことには十分時間を使ったからである。やりたいこと、やりたくないことは人それぞれである。

自分で決めたことには、誠実にやれる範囲で向き合ってきたから、その結果、健康と呼べるものも、わが手にもどってきた気がする。

「忙しくて死ぬひまもありません」という103歳の名言

大学時代から放送局時代は、ひどい頭痛に悩まされていた。偏頭痛の一種で右半分、左半分と予兆があり、一旦起きると、もとにもどるまで一日はかかる。回数も1週間に一度だったものが、3日に一度になり、薬もあれこれ試しても、これというものがない。

そんなある日、かかりつけの歯科医にちょうど頭痛時の私を見てもらうと、「あなたは血圧が高いんじゃないか。一日入院して念入りに調べてみたら」と言われた。低血圧と信じていたのだが、血圧が朝方にかけて高くなることが判明、降圧剤を飲み始めたら、頭痛がピタッと止まった。それまで強い鎮痛剤を常用しても効かなかったのだが……。その強い薬を続けていたら、逆効果で危なかったらしい。

それからの幸せなこと、長時間の読書も、1冊分の原稿を仕上げるのも苦痛ではなくなった。今日も仕事ができている私は、その延長線上にいる。あの時の歯科医に感謝！今をそれなりに楽しめるのは、彼のおかげだ。

人とのつきあいも下手で、いつも鎧《よろい》を着て窮屈《きゆうくつ》だったのが、一枚ずつ脱げるようになった。大学時代の鬱々とした気分は、当時流行《はや》りのノイローゼだと思って精神科医を訪れていたが、そのたびに「正常です」と言われ、がっかりしたものだ。

今なら「鬱」といわれる状態に近かった。

年をとるごとに自由になり、他人とも自然につきあえるようになり、友達も増え、こんな時が私に訪れようとは夢にも思わなかった。今が一番無理せず、私らしくいられる。神様は、昔病弱な子供だった私にそれなりの健康を、かつて健康を謳歌していた人には病のつらさを知らしめて、おあいこにしようとするのだろうか。

毎日何かしらやることがあるし、ヒマならヒマで、一人で楽しむことは大得意だ。それも子供の頃、病気だったおかげであり、一般的にマイナスとみなされることも、後でいくらでも逆転できるのだ。

長生きの達人といわれる人達。作家の宇野千代さんは、明治に生まれ、大正、昭和、平成と活躍した。小説家であり着物デザイナーであり、恋多き女性であった。

98歳で亡くなるまで「私、死なないんじゃないかしら」が口癖だった。

１０６歳で亡くなった物集高量《もずめたかかず》さんは、父親の高見氏に協力した「広《こう》文庫」「群書索引」の編纂などで有名な国学者。亡くなる寸前まで現役、仕事や世の中への興味も健在。

一人住まいの１０３歳の頃、健康雑誌の対談に訪れた。「いつまでもお元気で！」と挨拶すると、

「ええ、ええ、忙しくて忙しくて、死ぬひまもありません」
けだし名言である。

「あれをやっておけば」という後悔だけはしたくない

「人間五十年下天の内をくらぶれば、夢幻の如くなり」

これは戦国の武将、織田信長が好んで舞った幸若舞《こうわかまい》の「敦盛《あつもり》」の一節である。人の世の50年の歳月は下天の1日にしかあたらず、夢幻のように儚《はかな》いものだという意味である。

この人間（人生）50年の50という数字がいかに変わろうと、意味は同じなのだ。人生80年でも、人生100年でも、自分の人生を生きている人にとっては、いくら長生きしようとも、夢幻の如くに違いない。私が明日死んだとしても同じ感想を持つだろう。

しかし50歳を目前にした時、私は、はたしていくつまで生きるかは別として、半世紀、一つの区切りには違いないと自分の来し方行く末を顧みた。

その結果、やりたいことをやってきたかどうか、自分に問うた。自己表現として物を書く道に少しずつ近づきつつはあったが、やむを得ず職業人生の最初に選んだ放送の仕事とは相変わらず縁が切れていない。どこかで区切りをつけなければと、焦っていた。

気がついてみると、ほんとうに好きな遊びをやっていない。仕事の忙しさにかまけて、遊びを忘れていたことに気づいた。

そこでしばらく仕事を離れて、思い切って好きに遊んでみようと思った。私のモットーは「仕事は楽しく、遊びは真剣に」である。仕事はいやなことも辛いこともある。だから、どんなにささいなことでもいいから、楽しみをみつけてやる。遊びは楽しさに流されてしまうから、仕事のように真剣に。

もともと遊びは好きなものだから、真剣になるのがあたり前。趣味だからといって、いいかげんにしてはいけない。むしろ仕事より懸命にやり、逃げ道を作ってはいけない。

自分は今まで、好きなことをやってきただろうか。もともと音楽、特に声楽が好きで、大学に進むまで東京藝大出のソプラノ歌手について毎週習っていた。中学、高校時代はオペラ歌手に憧れて、藤原歌劇団のソプラノ大谷洌子《きよこ》、砂原美智子の歌を聞くために、「椿姫」やら「カルメン」やらせっせと公演に通っては、憶えたばかりのアリアを、白い布を体に巻いて、母の鏡台に向かって椿姫のつもりで唱っていた。カルメンのハバネラは紅いバラを口にくわえて……。

できれば音大に進みたかったが、私がオペラにしか目が向いていないのを知った先生は、「他の歌ならともかく、可哀そうだけどオペラは無理かも」と言う。

当時、私はやせていて37キロ台から40キロ前後、とてもマイクなしで２０００〜３０００人に声が届くとは思えない。楽器が私に具《そなわ》っていないなら、いたしかたないと諦めて、聞く側にまわると決めた。

50歳を目前にした時、あんなに好きだった歌を忘れていたことに気づいた。よし、やろう。つてを頼り、前述の日比啓子さんのもとへ、月に２回ルンルン気分で通い始めた。少し前に急逝されたのが残念だが、私に唱うことの楽しさを再びとりもどさせてくれた人である。

60歳の還暦にはシャンソン＋オペラのアリアでリサイタルも開いた。

同じ頃、体を使う運動など全て苦手なのに踊ることが好きだったのを思い出し、なまりかけていた体をビシッとさせるためにクラシックバレエも始めた。バーレッスンからフロアーレッスンまでこなし、なんとかトウシューズもはけるようになった。

今は年齢を重ねてからバレエを始める人も多くなったが、当時は珍しく、友達からは、「よく恥ずかしくないわね？」と言われたこともあった。

体だけは柔らかいので、なんとかついていけるようになり、改めて松山バレエ団の教室に入り、五反田のゆうぽうとで毎年舞台にも出た。「ラ・シルフィード」「南国のバラ」など長いつけ睫毛で舞台化粧もバッチリ、少女にもどって楽しかった。

バレエは音楽である。音がわかることが一番の条件、音楽の道に進みたかったくらいだから、音だけはわかる。

人間みな、今日が一番若い

ちょうど更年期にさしかかって体も心も変わるあたりで、新しいことに挑戦して姿勢を正したことも、今健康でいられる要因の一つかもしれない。

好きなことをもう一度、思い出せばいいのだ。中学・高校時代に好きだったことが、その人の感性に合った一番好きなことかもしれない。それを思い出してやってみよう。もう年だから、なんて言わずに。人間みな、今日が一番若いのだから。

他人が何と思うか、世間がどう言うかなど関係ない。明日死んでもいいように、さあ今から始めよう。「好きこそものの上手なれ」。自分が幸せなら、それでいいではないか。

つれあいはテレビ局と大学教授の職を終えて、お茶を習い始めた。鎌倉に月一、二度いそいそ出かけていく。羽織袴も新調した。

私が好きで買っていた古い器や焼物に花を生けるようになり、自己流だがこれがセンスがいい。人には隠れた才能があるものだとしみじみ思う。

人生は選択の連続だ。

その時の事情で思うにまかせぬこともある。組織や社会、家庭に縛られて、できなかったことを全部やることは、時間的にも経済的にも無理があろう。ほんとうに「あれをやっておけばよかった」というものを一つか二つ思い出して、あとは実行あるのみ。

今はカルチャーセンターなど選択肢も多い。もう24年続いているＮＨＫ文化センター「下重暁子のエッセイ教室」に通う人々の中には詩人もいれば、小説家の卵もいる。最近ある地方紙に、彼の小説が連載された。

ほかにも、本を出した人、ＮＨＫの俳句の大会に入選した人などおり、それを聞くと私の励みになり、やる気がみなぎってくる。

挑戦して後悔する人はいない

ふりかえってみると、だいたい10年ごとに大きな転機が来た。その予兆を入れると、8年ごとになる。

耳を澄ましていると、聞えてくる。心の声が呟いている。もうじき、とんでもないことが起きる。それがよいことか悪いことかはわからないが、転機であることには違いない。

それをどう乗り越えるか。様々に考えてみるが、直に受けとめて、翔んでみる。逃げてことなかれ主義に走るのではなく、せっかくの機会に乗ってみると、思わぬ展開もある。

亡くなったジャニーズ事務所のジャニー喜多川さんは、事務所の若いタレント達に常日頃言っていたという。

「ユー、やっちゃいなよ」

その言葉に乗せられてやっちゃった子が伸びていく。さすがだと思う。

私も若い人から相談されると、たいていは「やってみれば」と言う。私に相談した段階で、その人自身やろうと心の奥深くで決めているのだから。後は誰かが背中を押してくれるのを待つばかり。うまくいこうがいかなかろうが、結果は自分で引き受けるしかない。自分で考え、決めていたことなのだから。

かつて惚れた相手の意見に従って自分を偽り、ひどい目にあった私は、もう二度と他人の意見で決めることはしないという教訓を得た。

だから次の大きいチャンスには賭けると決めていた。

ある日、思いもかけぬことが起きた。「来るぞ！　来るぞ！」と心の声がしばらく前から囁《ささや》いていた。何が来るかの予想はつかなかった。その声が大きくなり切った頃、評議員を務めていたある特殊法人の会長と、その特殊法人を所管する経産省の担当課長と昼食の席を囲むことになった。

のこのこ出かけていくと、ホテルの特別室へ案内され、折入って頼みがあると会長が言う。間もなく自分の任期が終わるので、「次の会長を引き受けてくれないか」ということだった。

青天の霹靂《へきれき》とはこのことである。考えたこともない。その場で私には無理と断ったが、考えておいてほしいという。

それまで特殊法人の長には、各省庁の審議官か、局長クラスが天下りしていた。とんでもない。私はかつてＮＨＫという特殊法人にいて、組織には向かないことをいやというほど味わっていたから、おいそれと引き受けるわけにはいかない。

しかし、なぜ組織に向かないと自分で思い込んでいたのか。内情を知りもしないで勝手に思い込んでいるだけでは、自分への説得力に欠ける。

何かが来る。あの声が囁いていたのは、このことだったのか。それなら時間の許す限り考えてみよう。

自分では後の人生はもの書きで生きると決めていたが、今一つきっかけがつかめないでいた。覚悟ができていないことが、致命的だった。

物を書くといいながら組織を知らないということは、男が描けないということだ。むろんある程度は想像で描けるかもしれないが、それは絵空事にすぎない。男が描けないで人間の機微を、社会を描くことなどできようはずがないのだ。男社会を知るために、今回のことは、またとないチャンスだ。

今まで女性には、しかも外部の人間には就くことができなかったポジションであり、なりたくてなれるものではない。当時の国のトップが天下り改革をおこなうべく、すでに閣議決定までした事案だという。半年近く延ばした挙句、三つの理由で私は決断した。①女性の地位の向上に役立つかもしれぬ、②男社会を徹底的に知るチャンス、③仕事の内容は競輪からあがってくるお金をいかに使うかだが、私はこれを福祉はもちろん文化にも役立てたい。

その時、私は60代の後半だった。二人だけに相談というより、話をした。つれあいには、新宿の映画館でヴィスコンティの長編映画「山猫」を観ていて途中の休憩時間に。彼はただ一言だけ「何かあったら責任がとれるか？」――もちろん、その覚悟だ。

もう一人は、私の本を出し続けてくれた出版社の女社長。彼女は曽野綾子さんの日本財団会長就任の相談にも乗っている。「やりなさい」――そこで覚悟が決まり、引き受けることになった。

それから3期6年、私にできる改革はやったつもりだし、楽しんでやらせてもらった。その間も週刊誌と月刊誌の連載2本を持ち、本も出し続けた。私の中で「書きたい」という意欲が風船のように膨らんで、はち切れんばかりに横溢していた。

あの時、挑戦したからこそ、今がある。転機には乗ってみるべし、を自ら証明できた。責任を持って後半生を生きる勇気も持てた。

型通りの生き方は面白くない

定年が65歳だから、そこから逆算して結婚し、子供をつくり、家を建てる。そんな型通りの基準に合わせて生きる人生を、面白いと思えるか。

私はそれを「逆算人生」と呼んでいるが、逆算人生を送っている途中、突然余命わずかとなって「計算通りじゃない」と嘆いても、どうしようもない。

それを教えてくれたのは、１９７７年、つれあいが特派員として赴任したエジプトのカイロでだった。滞在記とテレビの取材のために半年間、私も支局に置いてもらった。

夕方になると、カイロから車で30分、ギザのピラミッドをよく訪れた。日が沈む頃、大中小ある三つのピラミッドの石段に腰かけ、夕涼みする。

あごひげを生やした現地の老人が、ロバに乗り荷を持って砂漠に出ていく。夜涼しい間に旅をするのだ。

サハラに続く砂漠は、途中にオアシスがあるとはいえ、途中何が起こるとも知れぬ。だから目的地に着く時間を彼等は決めない。何日の何時何分に着こうとしても、インシャアッラー、神の思し召しのまま。着いた時が着いた時だ。

彼等はほんとうの時間を知っている。今から永遠に続く時間の長さを。一歩一歩進んで、着いた時が着いた時。私達文明国に住む人間のように、ある時を区切って逆算して今を決めない。

その時、私は覚ったのだ。

この先人生に何が起こっても、死はその延長線上にある。死がいつともわからないのに、そこから逆算などできない。明日に向かって今日を歩んでいく道のりに幸せを感じられる人生を送っていたら、明日死んでもいいではないか、と。

自分の好きな場所で死にたい

旅に出た時、死に場所を探していることがある。最期を迎えるのに好ましい場所を、知らぬ間に吟味しているのだ。現実味のある話ではないが、できれば気に入った場所で、気に入った死に方をしたい。

砂漠は、その一つだ。エジプトに半年暮らした時、砂漠によく出かけた。仕事でも遊びでも。

スエズ運河がしばらくぶりに開通した時、砂漠の中の弾丸道路を通って、カイロから取材に出かけた。プロデューサーのつれあいとカメラマンは先に行き、私は支局の運転手モハムッドと二人で後を追った。どこまでも続く、唯一の道路を通る車は一台もない。その時、急に車が止まってしまった。オーバーヒートしたらしい。さて困った。大砂漠の中に水があるとは思えない。次のオアシスまでは距離がある。するとモハムッドは、水を探してくるから車の中で待っていろと言う。窓やドアを開けてはならず、外へ出てもいけない。喉が渇いたら齧《かじ》るようにと、キュウリを1本持たされた。

車の後部から大きめの罐《カン》を取り出して、一人砂漠を歩いていく後ろ姿が見えなくなって、私は一人とり残された。冷房がなくとも乾燥しているから、外気さえ遮断していれば涼しい。40度近い熱にやられるから、外へ出てはいけないとわかってはいたが、細目にドアをあけると、生暖い風が吹いている。優しい風の音は「サワサワ」と聞えた。

　砂漠の奥には、風が棲んでいる。砂と一緒に吹いてくるからアラビア語で「サワサワ」とは「一緒に」という意味。多分それは風の音から名づけられた……と勝手な解釈をしているうちに、どうしても外へ出たくなった。誘惑に負け、そっと砂の上に立つと、風が優しく語りかける。

　思ったほど暑くはない。砂に横たわりたい……蠱惑的《こわくてき》な世界にとりこまれそうになって私は覚った。そうか、砂漠の旅人はこうして命を落すのだ。砂の上に横たわりたいという想いに抗《あらが》えず、まどろんだ隙に命を失うのだ。

　アンリ・ルソーに「眠るジプシー女」という私の好きな絵がある。それは砂漠で眠る女のそばで一頭のライオンが匂いを嗅いでいるというものだが、あの不思議な世界観がそこに拡がっていた。

　私も多分そうしたろう。遠くに動く黒い点を見つけなければ……モハムッドがどこからか水を見つけて帰ってきたのだ。

黒い点は徐々に大きくなり、私は慌てて車内に入り、おとなしくモハムッドを待っていたふりをした。彼の長い黒い睫毛の上には、砂が薄く積もっていた。

車は何事もなかったかのように走り出した。

その時から、私は砂漠で死にたいと思い始めたのだ。風と砂の織りなす甘美な夢の中で……。

砂は清潔で、水の代わりにも使われる。砂嵐の通り過ぎた後など樹々が洗われたように美しく、緑に輝く。この目でそれを確かめている。

誰にも知られず、砂の上で干からびて砂の一部になる死に方は悪くはない。

〝星の王子さま〟も、こうやって自分の星にもどっていったのだ。

その後、取材でアフリカの砂漠やシルクロードのゴビ砂漠などへ出かけるたび、同じ匂いを嗅いだ。乾いた生暖い、なんともいえぬ優しい風が砂漠には吹いている。

その風の中で眠りたいと今でも思う。エジプト人の墓は砂漠にある。エル・マデーフエンというその地には、様々な墓が建っている。墓というよりモスクであり、生活のできる部屋があり、キッチンまである。死後、生前と同じように暮らすためのものが準備されている。そして実際、そこに難民が住みついている例もあるのだ。

砂漠で死にたい。それは多分叶わぬ夢だろうが、私は本気なのだ。

眠ったまま目覚めのないのが「死」である

もう一カ所「ここだ！」と直感が閃いた場所がある。

イタリアはシチリア島を訪れた時、港町から一気に７００メートルほど登りつめたところにある「エリチェ」は、私が「ここで死ねたら」と思った数少ない場所の一つである。エリチェは「シチリア島の夕べの祈り」などオペラの舞台にもなっている。

かつて神に奉仕する巫女《みこ》がいたという伝説の町は、いつも霧に包まれている。時に地中海がその姿を現すが、それは真珠のように美しい。その一瞬に出くわす幸運には、なかなか恵まれない。

晴れ女だと自他共に認める私でさえ、登り始めた時の蒼空はどこへやら、深い海霧に包まれ、独得の石畳に乗り入れた時には、少し先さえ見えない濃霧に閉ざされた。細い通りに美しく石を積んだ家々が並んでいたが、私の中には「石棺《せっかん》の町」というイメージが広がった。

こんなことを言うと、死を弄《もてあそ》んでいると思われるかもしれない。罰があたると言われるかもしれない。しかし私にとって、死は一種の夢なのだ。

夢を描くことに、何の咎《とが》があろう。

だから私にとっての死は、決して怖いものではない。不吉なものでもない。

夜眠る時、私はいつも思う。明日ほんとうに目覚めるのだろうか、と。

誰もが何の疑いもなく眠るが、ひょっとしたら、二度と目覚めることがないかもしれない。

今のところ、私が死を考える手がかりになるものは眠りである。多分死は眠りに似ているのだろう。

眠ったまま目覚めなければ、それは死だ。とすると、死に至る過程で夢は見るのだろうか。

立花隆さんの『臨死体験』（文藝春秋刊）を読むと、臨死体験をした人の証言はおおむね似ている。美しいお花畑のようなところに自分は寝ていて、その自分をもう一人の自分が上から見下ろしているというのと、もう一つは誰かが遠くから自分の名を呼んでいるというものだ。それらを経て、この世にもどってきたという。

いずれにしても、未知の世界は謎と夢とに満ちている。人間、誰もが例外なく経験することだから、その時まで、どうせなら夢を見ているほうがいいではないか。

生まれ変わりはあるか

インド哲学によると、生物は死して後、生前の行為（カルマ）の結果、次の世で様々なものに生まれ変わるとされている。従って限りなく生と死をくり返す輪廻《りんね》を苦と考え、二度と再生を繰り返すことのない解脱《げだつ》こそ、最高の理想だとしている。転生も同じ輪を描いて無限に生を繰り返すことだから、似たような意味だろうか。

仏教においても輪廻は教義の前提になっていて、輪廻を苦とし、解脱を目的とする。ただし仏教では無我というように、輪廻における主体になる我、つまり永遠不変の魂は想定しない。そこが永遠不滅の我を考えるバラモン教とは違うという。

これらはすべて受け売りで、本で読んだ知識であるわけだが、私としては主体となる我があってほしいので、結局苦から逃れることはできず、解脱とはほど遠いといえよう。輪廻転生に近い考え方はあらゆる宗教の中にあり、縁遠いと思えるイスラム教にもある。

人は死ぬと生まれ変わるという考え方は、曼陀羅《マンダラ》などにも描かれているし、子供の躾《しつけ》の一つとして、悪いことをすると畜生に生まれ変わる、と言って諭すなど、生きるための戒めとして使われてきた。

それを信じ、前世の自分は何であったのか、どこの誰だったのかを話す人もいるが、そんなことはどうでもいい。若くして亡くなった友人に、自分はクレオパトラの生まれ変わりだと言っていた人がいて、いい気なものだと思ったこともあるが、私も、仕事で前世を占うという人に会った時、江戸時代のなんとかという女の生まれ変わりといわれたりした。興味がないのですぐ忘れてしまったが。

私自身は自分の前世など知りたいとは思わないが、「この人とは、なぜか縁がある」と直感が告げることはある。

そんなに度々あるわけではなく、一生に二、三度そうとしか思えないことに出会う。

何度も登場させて恐縮だが、私が若い頃惚れた相手がそうだった。知り合いでもなく、舞台で見かけただけなのに、雷に打たれたように(といっても打たれたことはないので、よくわからないが)全く動けなくなってしまった。人を射るような目の光に、これは一体何なのか、それまで経験のない出来事だった。その時思ったのだ。これは前世とやらで敵同士だったか、二人して雪山で遭難したかだろう、と。何か不吉な予感だったが、ただならぬことに違いなかった。

そして1年後、偶然仕事で出会い、近づくまいと思ったのに、逃れられないワナにはまってしまった。

それは因縁としか言いようがなく、決して楽しいものでも嬉しいものでもなく、苦しみに満ち満ちていた。

最初にその目を遠くから見て、一瞬にして射ぬかれてしまったのは、遠い昔の記憶がよみがえったとしか思えない。そしてこの関係の結末は、不吉な予感の通りとなった。

もう一度、それまで全く縁のなかった人に「おや?」と思ったことがある。

そんなに昔のことではない。

私が3年続けて骨折をして、3年目に、左手首骨折のリハビリに通っていた時だった。

私自身が何度も自分に言いきかせてきたのと全く同じセリフを言う人に出会ったのだ。

こうした一致も1回や2回なら偶然といえるだろうが、それが重なると、一体これは何だろうかと不思議な気がした。

縁もゆかりもない人のはずなのに、どこかで知っている。そして自分が考えていることを、見事に言い当てられる。何年かつきあううちに、そういった感情は薄れていくものだが、相変わらず、「おや?」と思う瞬間がある。私が生きてきた仕事やプライベートの環境と重なる部分など何もないのに。

感性が似ているということはいえる。何かを見て聞いて、感じ方が似ているということはよくあるが、私しか知らないはずのことを何気なく言葉にされると、どこかで浅からぬ縁があったのかと思えてくる。

今回は決して不吉な予感ではないので、静かに大事にしたいと考えている。84歳という人生の終わりに近づいて、こんなことが実際に起こるのだ。

だから人生、捨てたもんじゃない。

生と死の境目を見られるか

夜、眠りが訪れる瞬間をつかまえることができるだろうか。私はいつも眠りにつく前に試みるのだが、どうしてもその瞬間を見つけることができない。

「今だ！」というその時がわかれば、死への入口を予感できるかもしれぬと思いながら、いまだに成功していない。

気をつけてはいるのだ。眠気が襲ってきて、少しずつ頭の重みが増してくる。私は横向きで寝るので、枕に頬をつけて、今か今かと待っている。

しかし次の瞬間、死んだように寝ているのだ。

では、夢を見ている時はどうだろう。科学的には周期的に訪れるレム睡眠の時に夢を見るというが、私は一旦目が覚めてからも夢の続きを見ることができる。

特に春先の暖かさが増して来た日など、なんとなくなまめかしい夢を見る。

そんな時に見る夢は、かつての恋人の夢だ。完結していないだけに、どこかに未練があるのだろう。

そして夢の中で幸せな気分になれればいいのだが、いつもいいところで目覚めてしまう。もう少し、もう少しで二人きりになれる……というところで邪魔が入り、目覚める。夢には結末がないのだ。

仕方なく起きて手洗いに行き、再びベッドにもどって夢の続きを見ようとする。目をつむって念じると、不思議と夢の続きを見ることができるのだ。

今までに3回続けて見ることができた。

知人にもっと上手な人がいて、この夢を見ようと思うと、必ず実現するという。

夢は五臓六腑《ごぞうろっぷ》の疲れによるというけれど、なぜこんな夢を見るのか見当もつかない、とんでもない夢が多い。

特に私が不思議なのは、一番身近な存在だったはずの家族の夢を全く見ないことだ。特に暁子命と生きた母の夢を見たことがない。親不孝者めと思ったりもするが、多分母は暁子命だったので、思い残すことがなく、夢に出る必要がないのだろう。

父の夢も兄の夢も両祖父母の夢も見たことがない。

母は私の肉体に入り込んで、血となり肉となったのだと思うと納得できるのだが、他の家族も現れないのは、いささか淋しくもある。しかし、すでに別世界に行ってしまった証《あか》しとも考えられるから、かえってすっきりするというのも本音だ。

そんな話を友人としていたら、ほとんどの友人が死んだ家族の夢を見たことがないという。この世で縁のあった人達と、次の世界でも縁があるとは限らない。むしろ後悔やら恨みやら思い残すことなく生きたからこそ、現れることがないのだろう。

さて眠りと目覚めの境界は結局つかまえられないとして、他の境目はどうだろう。

例えば昼と夜、その境目をはっきり捉えたことがあるだろうか。

私はなんとかその境目をこの目で捉えたいと思って、何度か試みたことがある。

夜は闇の支配する世界、それは死の世界と共通する。夕暮れが闇に変わる瞬間を「今だ！」と捉えることができれば、死の瞬間も捉えられるかもしれないではないか。

夕暮れ時、私は窓から外を見ている。今も軽井沢の山荘の仕事部屋の庭に面した窓を開け、その時を待っている。

夕日が樹々の間に沈み、空が紺から薄墨色に変わって、やがて闇が訪れる。その瞬間を見届けるために、原稿を書く手を止めて、じっと見張らなければならない。

意識せずにいる時は、あっという間に闇になっているのに、見張っている時に限ってなかなか暮れてくれない。わざと、じらしているように……。もう少し、もう少しの辛抱だ。

鴉《からす》の鳴く声が、急に高くなった。隣の旧い別荘は長いこと無人なので、鴉が塒《ねぐら》に使っているのか、夕刻になるとその声がかまびすしい。多くの黒い羽搏《はばた》きが、葉と葉の隙間を埋めて飛んでいく。

少しずつ少しずつ、鳴き声が小さくなって、飛ぶ影ももう見えない。

間もなくだ。今日こそ闇との境目を見極める。

急に静かになった。あれほど騒しかった鴉はどこへ行ったのか。声のない空を見上げる。あれ、いつの間に闇一色になったのだろう。

今日こそはと思って、瞬きするのさえ惜しく見つめていたはずなのに。

……またしても失敗だ。

ふと気をそらした瞬間に、闇は来ている。そのように死も訪れるのではないか。死の瞬間、あの世への手がかりを見つけようという試みは、どだい手の届かぬものだろうか。

クロアチアの海辺で、太陽が水平線に沈む瞬間を見ていた。今度こそは境目を見つけるつもりだった。レストランで食事をすませ、人と別れて一人きりで……。うまくいきそうだった。

「お済みですか？」

ボーイが私に声をかけた。

「ええ」と答えて目をそらした瞬間、全てが闇に包まれていた。

死者は旅立つ前に大切な人に挨拶する

あの世とやらがあるのかどうか。例えば、石原慎太郎さんと曽野綾子さんの『死という最後の未来』（幻冬舎刊）という対談集を読んでも、人によって違いがあることがわかる。石原さんは、死んだら自分の骨を海に撒《ま》いてほしいと思っているくらいだから、あの世があるとは思っていないようだが、曽野さんは死後の世界があると思っている。キリスト教という信仰を持っているせいもあって、宗教を信じる人はあの世があると思い、あの世のことを考えて、この世をよく生きようと思っている。

仏教もそうだし、イスラム教も、死後の世界を考えている。

私はどうかと聞かれれば、死後の世界はあると思っている。いちおう父方は浄土宗、母方は浄土真宗だが、私自身にはこれという確固とした宗教もないし、宗教観もない。

ただ、死後自然にもどるとは考えているから、仏教が一番近しいとはいえるだろう。

死が訪れると、目に見える私という物体はこの世から消え、骨壺に納まるか、土に返るのだろうが、形はなくなっても思いは残るのではないか。

親しい人が亡くなると、前後して夢枕に立つとか、一陣の風がさっと吹きぬけたとかいうが、それはあり得るだろう。

それが生きている人への死者の挨拶のようなもので、昨年、夫の藤田宜永《よしなが》さんを肺腺ガンで亡くした小池真理子さんも、そう言っていた。

小池さんの夫は、亡くなる前の日まで自宅療養をし、二人で話していたのだが、いよいよ具合が悪くなって、近くの予約していた病院に入り、小池さんが自宅へもどった時のことだ。

明け方、さっと冷い風が頬をなでて、何かあったなと思ったら、電話がかかってきて急変を告げられた。

病院へ着いた時には、すでに事切れていた。

「今、奥様が来ますからね、もうすぐですよ」とまわりが励ましたが、間に合わなかった。体はまだ温かったという。二人共作家で、お互いたいへんだった時期もあったが、二人でよく話をする仲のいい夫婦だった。

ガンが見つかった時は末期だったが、それから最期を迎えるまでの1年余り、二人でほんとうによく喋ったという。軽井沢のお宅へ手を合わせに行ったが、花々に囲まれたリビングの窓際に大きな骨壺があり、今も毎日話をしていると小池さんが言った。

その間にも涙が浮んで、泣かない日はないと言っていたが、父母を送った長女だけあってしっかりしているし、現実の生活をきっちり守ることを知っている人だから大丈夫だろうと安心した。

藤田さんの方が一人っ子の甘えん坊だったが、最後にお別れに来たことは不思議ではない。

何かしら合図があるという話はよく聞く。目が覚めた時刻に祖父母が亡くなったとか、親友の亡くなった時に灯が消えたとか……。私はそういう話を信じている。

「死んでも思いは残る」と確信した、ホテルでの出来事

私の母は脳梗塞《のうこうそく》で入院したが、医者である叔父が主治医に「無理に長びかせる必要はない」と言って、徐々に「ピーピー」と鳴る心電計の間隔が長くなり、画像が水平の線になった時、死が訪れた。

意識がなくなった最後の2日間、母の心臓の動きを知らせる「ピーピー」という音が耳にこびりついた。病室をいっとき離れて外に出ると、大型トラックがバックしていた。そのブザーの音が、心電計の音と呼応した。

私がかつて一緒に暮らしていた猫が、ヴェランダから落ち、ようやくのことで抱いて部屋に入った。

「ロミ！　ロミ！」と名を呼ぶと、長い尾を健気に何度も振ったが、医者がかけつける寸前、息を引きとった。

その直前だ。私の腕の中で大きく溜息ともつかぬ息を吐いたが、それが最期だった。私への挨拶だった。

形はなくなっても思いは残ると言ったが、その人を思い出すたびに、話題に出るたびに、ふっとその人をそばに感じる。形はないが、気配はある。その気配とは何か。生者が勝手に想像して創り出したものか。それともほんとうに私達のまわりには、沢山の死者の魂が漂っているのか。

思いはなくならないと思いたい私がいる。

その思いが深すぎた場合どうなるか。

私は旅先で何度か、霊らしきものに会ったことがある。

全くそんなことを信じていなかった若い日、夜中まで仕事用の脚本作りをし、どうしても出来上がらないので、都心の有名ホテルに泊った。

女性のライターと二人、急なことで普通の客室は空きがなく、特別室を使うことになったが、料金は普通の客室並みでいいとフロントで言われた。

夜中を過ぎ、ようやく完成して床についたが、特別室の日本間は婚礼の日に使う豪華なもので、日本間に並べられた二組のふとんにも金筋が入っていた。

うとうとすると、異様に裾が重い。その重さが胸元まで這い上ってきて苦しくなり、目が覚めた。薄灯りの中、ローズ色のお色直しに着る着物に頭を結い上げた女性が、後ろ向きに佇んでいる。仕事で神経が疲れたための幻覚だと思って灯りをつけると、消えた。再びうとうとすると、また同じことのくり返し。三度目にとび起きて、隣のライターを起こした。

「なんだか息苦しい」と彼女も言う。私も身に起こった話をし、真夜中とはいえ、二人でそこを出ることにした。ホテルに変に思われてもいやなので、２時間ほど我慢して、明け方、わが家に帰った。

　そのライターは調べ魔で、片っぱしから新聞をチェックしたところ、数年前そのホテルで結婚式の日に自殺した花嫁がいたと教えてくれた。人を恨んでいるわけではないが、その場所に現れる霊のことを「地縛霊」というそうな。

　それまで霊の存在など全く信じていなかったが……。何人かの作家の描く体験は全く同じ情況で、後ろ向きで足許にいるところまで似ていた。

その後、そのホテルは火事で焼けたが、火元は、最上階に近い特別室のあたりだった。私の見た女性の場合、たまたま私の周波数が彼女と合ってしまったのだろう。

そういう出会いは有り難くない。縁のある人達があの世で自分を待っていると思うと、楽しみだという人がいるが、私にはそういう思いはない。

家族をはじめ、特に会いたい人もいないし、生まれた時も生きている時も死んでいくのも一人だと思っているから、別に会えなくてもいい。三途の川の向こう岸で待っている暁子命の母もいなくていい。

私は泳げないから、途中で溺れて、向こう岸まで辿りつけないかもしれないが。

死を忘れてはいけない

メメント・モリという言葉がある。最初に聞いた時から気になっていた。

誰かの詩集だっただろうか。高校時代に読んだ時から、なんとなくロマンティックな雰囲気があった。「メメント・モリ、メメント・モリ」と何度も呟いていた。

やっとその意味がわかるようになってからも、最初に抱いたロマンティックなイメージは消えていない。

ラテン語で「死を想え、死を憶《おも》え」という意味だとわかって、ますますロマンティックに死を考えるようになってしまったのかもしれない。

「死を想え」とは「死を忘れてはいけない」ということ。死はいつ誰に訪れても不思議ではないから、生と死は裏腹であり、常に死を忘れるなということなのだ。

私はメメント・モリを、「人間どうせ死ぬのだから生に執着するな」、かつ「人間どうせ死ぬのだから今の生を楽しめ」と解釈している。

古代ローマ時代、今の生きている瞬間を楽しめというふうによく使われたらしい。生き方のアドヴァイスだったのだろうか。

今の生を楽しめというと享楽主義、エピキュリアニズムに近いのかと思えるが、確かにローマ時代の人々は、残酷と思えるまでに、コロッセウムで人間同士、はては人間と獣まで戦わせて娯楽にしていた節がある。

私の好きなクラシック音楽の題名にも、死を冠したものが様々ある。

私が死んだ時にかけてほしいと親しい人に頼んである曲は、シューベルト作曲の弦楽四重奏曲第14番「死と乙女」、これはかつて私が若き日の恋人と初めて会った時に、舞台上で演奏されていた曲である。その曲に導かれるように私はその男に惹かれ、10年間とりこになり、そして乙女だった私は死んでしまった。まさに「死と乙女」が暗示していた通りになった。

ラヴェル作曲「死せる王女のためのパヴァーヌ」は、その男がよくアンコールに弾いていた曲である。

さらに「死の舞踏」という曲もある。サン＝サーンスの交響詩でフランスの詩人、アンリ・カザリスの幻想的な詩に触発されて歌曲として、次いで管弦楽曲として作曲されたものである。午前0時、時計の音とともに骸骨《がいこつ》達が現れて墓石の上で踊り始め、熱狂が頂点にまで達した頃、鶏が鳴く。骸骨たちは大あわてでそれぞれの墓の中に去っていく。暁が訪れたのだ。

やはり、夜の世界は死の世界なのだ。

死してなお、舞踏してやまぬ骸骨達の愉楽に酔いしれるさま、メメント・モリの面目《めんもく》躍如《やくじょ》である。

「死の舞踏」には、フランツ・リスト作曲のものもある。サン＝サーンスの「死の舞踏」は骨と骨がこすれ合うような音もあって、最初は好評ではなかったが、だんだんによく演奏される楽曲になっていった。

メメント・モリは、西欧的なイメージなのだ。

私にとって運命の曲ともいえる「死と乙女」も、第2楽章のすすり泣くような弦の音が忘れがたく、死にゆく私のための子守唄のように聞かせてほしい曲なのだ。

死ぬ日は自分で決められる

自分の死を客観的に見つめることは不可能である。ひょっとしたら可能にする方法もあるのかもしれないが、今のところ方法はない。

だが、一番身近な人の死に方を客観的に観察することで、想像をたくましくすることならできる。

死ぬ間際の一部始終を見ることができたのは、母が他界した時であった。

母は私と違って、長生きしたいと言っていた。できるだけ長生きして、時代がどう変わっていくかを見たいと言っていた。

私には、そうした欲望はない。私が生きている今という時代を、しっかりと目に焼きつけておきたいと思うだけだ。その後はどう変わろうと、遠くから眺めることしかできないし、私という個とは関わりもなくなっているはずである。

母は、最初の夫を結核で亡くした後に父と再婚するが、お互いを知るためにやり取りした手紙の中で「女の子を産む」と宣言し、その通り私を産み、私に全てをささげ、娘にいかに反抗されようとも、暁子命で通した。

晩年は、自分の死のイメージをはっきり持っていた。それは自分の母（私の祖母）と同じ日に死ぬというものだった。それだけ自分の母を尊敬し、その生き方に共感していたと思える。

その母・吉田マスは、雪深い新潟県上越市の地主の娘として生まれ、どうしてもと望まれて通称〝上《うえ》のウチ〟の地主から〝下《した》のウチ〟の地主へ嫁に行った。下のウチの一人息子は文学好きで俳句をよくし、高田の芸者町などでの遊びも好きで、家の仕事はしようとしなかった。その分しっかり者のマスは舅姑から男の仕事を厳しく仕込まれ、辛い一生を送らねばならなかった。

そして夫の死後、二人の男の子は学者と医者になり家を離れ、農地解放も女手一つで乗り切り、さらに社会福祉に目覚めていく。

夕食後一人で縄をない、ビニール紐が普及する前だったから、買いに来る人に自分でなった縄を売り、その金だけは別の通帳に入れ、貯まると父親のいない子の教育資金にと町へ寄附《きふ》した。ボランティアなどという言葉は知らなかったが、身をあがなってするものだということを知っていた。

国から紺綬褒章《こんじゆほうしよう》をもらったのも、そのせいだ。その行動の裏には浄土真宗があり、親《しん》鸞聖人《らんしようにん》の奥さんといわれる恵信尼《えしんに》は、上越市の同じ板倉出身の女性であった。

そんな母親を見て育ったので、92歳でマスが亡くなった日と同じ3月18日、春の彼岸の入りに死にたいというのが母の口癖だった。

そして脳梗塞で入院、81歳で息を引き取り、葬儀用の写真を取りに実家へ行った際、一緒に行った叔母が言った。

「今日は3月18日……暁子さん、おばあちゃんと同じ日よ」

気がついてみると、思い通り3月18日に母は死んでいた。「お見事！」というしかない。決して偶然ではない。母が自分の母親と同じ日に死にたいと願わなければ、決してその日には死ねなかったろう。

3月18日に死ぬ。自分の母親を見習って、それまで生きてみせる。死に方は、生き方の結果。その生き方の積み重ねの末に、思い通りの日に死ねたのだ。そんなうまくいくものかと思われるかもしれないが、私は母の思いを信じたい。母はそう願って毎日を生きたのだ。

母と同じにはできないが、私もこうありたいという死に方を考え、それに近づける生き方をしたいと願っている。

目の前に見事なお手本がいるのだから、見習わない手はない。

その実家で不思議なことがあった。

遺影に使う写真を探していたら突然地震が来て、廊下にかかっていた、父の手による母の肖像画が目の前に落ちてきた。画家になりたかった父は、よく母をモデルに絵を描いていた。ちょうど写真ほどの大きさの、父が最後に描いた着物姿の肖像画！「これを使ってね」と母が言っていると思った。

短歌と紫色が好きだった母の葬儀には、写真のかわりに、紫と白の花々に囲まれた母の油絵を飾った。

弔問に訪れた人達は、口々にその絵に触れ「私も絵にしたい」とか「夫に描いてもらいたい」と言った。その絵は今、私の寝室の入口にかかっている。

もう一つ驚いたことに、母の枕元から短刀がみつかったのだ。

備前長船《おさふね》の銘のある懐剣を、母は何のために持っていたのか。護身用だとしたら、もし怪しい者が入ってきたら、一人暮らしということもあり、かえって危険だったかもしれない。

いや母は、身近にある懐剣を寝る前に見て、姿勢を正していたのではないか。一人で生きていくために……。

淋しさや恐れと戦っていたのかもしれぬ。

いずれにしろ、一種の覚悟のようなものがあったに違いない。

その覚悟を私は見習いたい。

それにしても母はその懐剣を、いつどこで手に入れたのか。

結婚する時に、新潟の実家から護り刀として持ってきたものか、それとも嫁ぎ先の下重の家にあったものなのか。

下重の家は軍人だったから、祖父母の家の座敷の床の間には、二振りの立派な刀が飾られていた。

全てそうしたものを国に供出して、戦後はなくなっていたが、母の枕元にあった懐剣だけは免れたのか。

母が亡くなってその懐剣を前に、どうすべきか考え込んだ。母はそれを届け出ていたのだろうか。ともかく私が受け継ぐことにし、知人の紹介できちんと銘を入れた正式の書類を作り、届出をして、現在私の手許にある。使う日が来ないことを願いながら。

私がもっとも死を身近に感じた時

その日は、朝から晴れ渡っていた。天気予報ももちろん晴れ、私は晴れ女の面目躍如というわけで「ほらね、晴れたでしょ」と、いつものように自慢していた。

ここぞという場面で、私は雨に降られたことがない。仕事でも遊びでも。放送局でロケに行く時には、カメラマンは私と行きたがった。理由はただ一つ、晴れるからである。

そこでついた綽名《あだな》がマダム・ソレイユ、太陽夫人というところだろうか。日の昇る暁に生まれたので名前にも暁とついており、太陽とは縁があるのだろう。雨や湿気は苦手である。

ところが、一つ問題があるのである。晴れ女は土の上の話であって、海に出ると突然、天気が荒れ狂うのである。

これまで何度か船に乗って、船の上での講演を頼まれた。地方自治体の洋上大学であったり、飛鳥級の豪華客船で目的地に着くまで話をし、外国の場合でもそこから帰りは飛行機、というものである。

しかし、最近は必ず断っている。なぜなら、過去に苦い思い出があるからだ。晴れたのは一度だけ、海が故郷のようなイラストレーターの柳原良平さんと御一緒した時だけ、彼のオーラが私に勝ったのか、マニラの血のような夕焼けも見ることができた。

それで調子に乗り、次は香港まで行ったところ、香港の灯りを目前にして台風が襲来、まわれ右して台北《タイペイ》の港を目ざし、上陸後、入国ビザがないからそのまま空港に運ばれて飛行機で帰国。その次は沖縄で、乗船後、ずっと低気圧に沿って走っていたようで、大揺れが収まることはなかった。

他の船は出航を見合わせたというから、よほどの時化《しけ》だったはずだ。宮崎まで撮影でフェリーに乗った時も、風呂の水が左右に溢れた。

地上にもどると晴れてくる。ということは、海神に魅入られているのか、弟橘姫《おとたちばなひめ》のように海に身を投げねば、収まらないということか。

それ以来、船には乗らぬようにしていた。なぜなのか、思い出したことがある。

まだＮＨＫのアナウンサーだった頃、「生活の知恵」という番組で占いがテーマになり、私が西洋の占星術から中国の筮竹《ぜいちく》占い、日本式占いまで片っぱしからモデルになって占ってもらった。言われることは、どれも同じ。

「水難の相がある」

多分私の下唇に黒子《ほくろ》があるせいなのだろうが、どこでも同じことを言われると、やはり気になってしまう。私は占いは嫌いではないし、毎朝、新聞の占い欄を見て、行動に気をつけたりもする。信じているというより、面白がっているだけなのだが。

水難の相と、海上に出た時の荒れ模様がつながった。これは気をつけた方がいいかもしれぬ。

友人達は、水難といってもマンションの上階から水が洩れてくるとかじゃないの、などというが、経験上もっとも危険性が高いのは海だと自分で結論づけた。

だから普段なら気をつけていたはずだった。しばらく船に乗ることもなく、そのジンクスを忘れかけていた。

前日から泊って世話になった友人の海辺の別荘とプライベートのプレジャーボートを見ていたせいもある。

なにしろ雲一つない晴天、新潟県の村上に近い温泉地の港から出て、目の前に見えている粟島《あわしま》まで三十分もかからない。午前中に出航して小さな島に上陸し、昼過ぎにもどるから「行こうよ行こうよ」と友人達は言う。

中には海の猛者《もさ》や冒険野郎もいて、「俺がついてるからさ」などと頼もし気なことを言う。つれあいも私の海嫌いを知っているが、「すぐそこだから大丈夫だよ」と言う。

というわけで「行きはよいよい」鼻唄まじりに出かけて、島の特産物を手に帰ろうとした頃、風が出てきた。それが突風のように、時に強く吹く。早目に友人のプレジャーボート（といっても10人は乗れるもの）に乗り込んだが、「帰りは恐い」。

帰路の丁度真ん中あたりまで来た時、風を意識した。そこから先が遅々として進まない。

白波が立ち、それが港に向かって打ちつけているのが見える。甲板が波を被る。船室に入ると、揺れがますます大きくなった。

ものが左から右へ移動する。私の顔色が変わったのだろう。冒険野郎が「これくらいどうってことない！」と言う。

つれあいは、私のそばで手を握ってくれる。

30分、45分……と経つが、一向に港に近づかない。むしろ押しもどされている感じがした。

「だから行かないって言ったのに……」

恐いもの知らずの私も、自然には逆らえない。窓の外を見ると、港に人影が見える。急に突風が吹いたので、心配した人達が港まで迎えに来たのだ。

それからの時間の長かったこと、港は近づいては遠ざかった。1時間は経った頃、大波が窓から船室に入ってびしょぬれ、船が大きく傾いた。

「今度こそ、もう終わりか」何度そう思っただろう。つれあいの目も真剣味を帯びている。

「突風の中、海に出た男女八人が遭難！」

新聞の見出しの文字がチラチラした。ジンクスを守らなかった罰なのだ。自分で決めて、これまで守ってきたのに。ここで死ぬわけにはいかない。海で死にたくはない。その間にも白波は牙をむく。いやだ。ここでは死なない。涙が溢れてきた。しっかり口を結んで、目前の港を見つめる。

目前なのに、波が邪魔をして近づけない。迎えの人々の心配そうな顔。私は泳げない。投げだされたら、一巻の終わりだ。投げ出されぬよう、しっかり階段の手すりをつかむ。その時、波の小さい方向に向けてかじを切った船は、港にもう少しのところまで近づき、漁師の助けも借りて、ようやく接岸することができた。

「助かった」と思った。私はまだ死ぬわけにはいかない。しかも水難で死ぬなど納得できない。私は運命に対し、それほど従順にはできていないのだった。

それ以降、二度と船には乗っていない。

とうとう浄土に行ってしまった

この話には続きがある。

その日、新潟県の聖籠町《せいろうまち》にあるかつての大地主、二宮家を訪問することになっていた。

そのこともあって、時間が気になっていた。

冒険野郎のYさんが車に私とつれあいを乗せ、その大地主の家まで連れていってくれるという。

その頃になっても、私はまだ落ち着かなかった。すでに地上にいるのに、目の前には白波がチラチラするのだ。

つれあいもすっかり無言である。

あとになって聞いたことだが、海が嫌いではないつれあいも、さすがにあの時は、ひよっとしたら終わりかと思ったという。

それくらい、天気は豹変《ひょうへん》したのだった。特に海の上では、その変わり方が顕著である。車に乗り換えてからは、嘘のように穏やかに晴れ渡り、先ほどの修羅場がいつのことかと思えるほどである。

ともかく無事でよかった。冒険野郎も含め、誰もがそう思っていた。

私の水難の相については、口にするのもはばかられるほどの危機的な状況だった。

何より、船を下りた後もショックで生きた心地がせず、目的地に到着する前に心を鎮めなければと焦っていた。

大地主の二宮さんとは初対面なのである。噂は前から聞いていたが、私達が知っているのは、その親戚筋にあたる造り酒屋の女将さんであった。新潟県の文化人としてよくエッセイなども書いていたその女性が、どうしても私に見せたいところがあると前々から言っていた。

新潟に行く機会があったので、その地主の家で会うことにして紹介してもらうことになっていたのだった。

有名な家なので、冒険野郎のYさんもよく知っていて、ドライバーを申し出てくれた。彼も、いつもより無口だった。船はちょっと……という私を無理矢理乗せた責任を感じているようだった。

その日の夕刊に天気の急変についてわざわざ報道されていたところをみると、現地でも珍しいことだったのだろう。

１時間近く車に揺られて聖籠町を過ぎたあたりから、板塀の延々と続く家が見えてきた。

目ざすは多分あの家と想像がついたが、それにしても広大な敷地である。どこまで続いているのか。

「二宮邸には、大きな池があり、その池だけで７０００坪あるそうです」

え？　７００坪の間違いではないか。７０００坪もあっては、もはや池とはいえない。小さな湖といってもおかしくはない。実際、このあたりでは、その池は「弁天潟」と呼ばれている。

「個人でその池を有しているのですか？」

「今は町の人々も楽しめるようにと、一部を町で管理しているらしいです」

急に楽しみになってきた。7000坪の池とはどんな池だろう。なんとか気持ちを切りかえるべく、私は想像力をふくらませるようにした。

玄関に到着すると、馴染みの造り酒屋の女将さんが待っていてくれた。いつものように渋い着物姿である。

「どうぞどうぞ、奥へ」

自分の家のように招き入れる。

よかった。少々の遅れだけで着くことができた。

すらりと背の高い二宮家の奥様に続いて、応接間に向かう。その間、いくつ部屋を通り過ぎたことか。

応接間の向こうに景色が広がっている。何だろう、あれは！

一面、真っ白である。彼方までひろがる空間は、7000坪の池に違いないが、それが純白に染めあげられている。

眼鏡をかけてよく見ると、それは無数の花々であった。純白に開いた花々の間には、これから開く蕾《つぼみ》もあった。蕾は紅色を含んで明朝にそなえている。

「蓮《はす》ですか？」

思わず聞いていた。

「そうよ。この一面の蓮をあなたに見てもらいたくて……」

造り酒屋の女将の言葉に、二宮家の奥様がうなずく。

これは何だろう！　あまりにでき過ぎている。私はまだ生きているのだろうか。先刻、海の上で地獄を見たその直後に運ばれてきた先は、蓮が一面に咲く極楽だった。

蓮は、仏様の花である。仏は蓮座の上におわす。私は頬をつねってみた。現実なのだ。一面、白に染められた蓮池。なんという幸せだろう。私は死んで仏の許に近づいたのではなく、生きたまま仏様の近くまで運ばれたのだった。

一日のうち、午前中はもっとも死の近くにいたが、午後には極楽に近づいている。

やっぱり私は、あの海で死に、そして天国に連れてこられたと考える方が理屈に合っている。

あまりのことに、私もつれあいも言葉がない。

「ゆっくり見て下さい」

二宮さんに促され、庭に出て蓮に近づいてみる。池の上に月見堂があり、まるで一面の蓮の上に私が乗っている気分である。

私の臨死体験は、極楽浄土につながっていたのだった。

パートII

明日死んでもいいための44のレッスン

1 毎朝、ベッドの中でその日やることを決める

私の朝は遅い。なぜか。夜寝るのが遅いからそうなる。9時過ぎには目覚めているが、ベッドの中で、今日一日の、やるべきことを考えている。

やることが決まったら、それをどういうやり方でやるのか？　そのためにはどうしたらいいか？　外の仕事なら何時に出て、何を着ていくべきかなどを考えて、1時間はゆうにかかる。というわけで、起き上がるのは10時過ぎになる。

6時起きでも8時起きでもいいが、目覚めてから最初の1時間は、その日すべきことのために使ってみていただきたい。決して無駄ではないはずだ。

私にとっては、一日を決定づける大切な時間、決しておろそかにはできない。この1時間が充実しているかどうかで、その日一日の充実度も左右されるからだ。

私はもの書きという自由業だから、自分で自分を律しないと、どこまでもだらけてしまう。自分で自分の予定を作って、自分を縛る。私は他人から管理されたり縛られたりすることが大嫌いだが、自分で決めたことなら、素直に従える。

大学を出て放送局に入り、9年でフリーになり、そこから自己管理が始まった。自分の決めたことには忠実なので、それを守る。少々辛くとも、自分で決めたことには責任を持たねばならない。そうしないと自分を裏切ることになり、後々しっぺ返しを食うことは経験済みだ。

私の場合、机の前に座って1行書き出せばしめたもので、後は芋づる式に言葉が出てくる。原稿だけは自筆で、パソコンは使わない。それが一番早いのだ。どこに行こうが、紙と鉛筆かペンがあればできる。原稿を書き直すことはほとんどない。

その代わり、何を書くかを考え、納得するまでに時間がかかり、朝起きて軽い食事をとる時も考えている。

1時間かけて新聞2紙を読む時にも、まだ考えていることがある。午前中が過ぎてしまい、ようやくテーマが決まっても、最初の1行をずっと考えている。午後になって机の前に座る時は、すでに頭の中にあることを書くだけだから、後は自分でひと区切りつけるまで、すらすらと行く。書き始めれば早い。推敲《すいこう》は後でするので、ともかく終わりまで書く。一気に書いてしまわねば、勢いがなくなるからだ。私には少しずつ書き進めることができない。

作家の浅田次郎氏が同じだと知った時は、嬉しかった。しかし浅田氏の場合は、手書きのしっかりとした大きな字が原稿用紙のます目を埋めている。あの力強い文字を何百枚もの原稿に書きつけていくのには、いったいどれほどの気力体力がいることか。

私は決して無理はしない。若い時ならいざ知らず、調子に乗ると、翌日こたえる。長続きしないから、諦めが大切。この辺でと区切りをつけて、翌日へ持ち越すこともある。

最初から無理な予定を詰め込むのではなく、あくまでマイペースに。自分で決めたことは、たいていその日のうちに終えている。

一生は、一日一日の積み重ね。その一日が、自分のやりたいこと、やろうと決めたことで満たされるのであれば、仮に明日死んでも、悔いはないのだ。

2　一日一日、やるべきことをやる

眠る前にも少し時間をとって、朝やるべきと思ったことをちゃんとやったかどうか考えたい。

若い頃のようにバタン、キューと眠れるわけではないから、ちょうどいい。私の場合、眠りにつくまで30分から1時間近くかかる。

やるべきことができたかどうかは、その日によって違うけれど、あまり反省はしないようにしている。済んだことは済んだこと、終わってしまったことをぐじぐじ考え込んでも、仕方ない。

欲張ってはいけない。私は昔から一日に三つや四つの事柄、例えば打ち合わせだの講演だの原稿書きなどを詰め込むこともあったので、頭ではできそうに思ってしまう。

しかし、そこで無理をすると、次の日が続かない。

少しずつ前に進むためにも、一日に一つか二つ以上は欲張らないことに決めている。

そして、そこに集中するのだが、コツは違う種類の仕事を組み合わせること。例えば原稿書きと、人との打ち合わせなど。講演ならサイン会と組み合わせるとか。

私の場合は仕事を例にとっているが、家事と友達との会食でもいいし、どんな組み合わせでもいい。自分のしなければならないこと（仕事）と、自分のしたいこと（楽しみ）の組み合わせが、変化をつけるうえでも最適だといえる。

少なくとも明日死んでもいい、と悔いが残らぬように一日を終えたい。できれば明日のことをちらっと考えておく。私の場合なら、週刊誌のコラムの連載など抱えているので、原稿のテーマなどをあれこれ考える。

昔からメモが嫌いで、たいてい頭で憶えていたものだが、最近は記憶力に自信がなくなってきた。

きっかけさえつかめば思い出せるので、一度消した枕元の灯りをつけ直して、紙にキーワードだけ書いておくことも増えた。そうすると、翌日忘れていても、なぐり書きのメモから、記憶の糸をたぐり寄せることができる。

高齢者にはよく「キョウイク」と「キョウヨウ」が必要だと言われる。

これは、「今日行く」と「今日の用事」のことだ。ただ、それだけでは物足りない。「キョウイク」と「キョウヨウ」について朝晩考えることで、後悔しない生き方ができると思えるのだ。

3　常に身ぎれいにしておく

内海桂子師匠が亡くなった。生涯現役でいつも前向きな人だった。97歳まで現役で仕事をされるなど、大往生には違いない。

いつも粋な着物を着て三味《しゃみ》を抱き、都々《どど》逸《いつ》などうたう姿は、年をとってからは可愛らしくさえ感じた。

私は、かつて内海桂子・好江の漫才で一世を風靡《ふうび》した相方の好江さんと同じ年の生まれで、仲よくしてもらった。民謡の斉藤京子さんと3人、同じ昭和11年生まれの三人娘と称して、今はなき渋谷の小劇場「ジァンジァン」で、永六輔さんを手伝って舞台に立った。

好江さんは頭のいい突っ込みの鋭い芸人さんだったが、桂子師匠が子供の時から育てた弟子だった。舞台では桂子師匠に仕込まれた着物姿が板についていたが、ふだんはセンスのよい洋装で、食事にも何度か一緒に行った。

全国を旅することも多かったから、いつも下着に気をつけていると言っていた。どこで事故に遭うか、病気になるかわからないから、毎日下着は替える。それが芸人のたしなみなのだという。

桂子師匠から学んだことかもしれない。日常の礼儀作法、人との接し方、芸だけではなく、全てを学んだのだろう。

桂子師匠は常に礼儀正しく、律義な人柄だった。好江さんがガンで亡くなってから、二まわりも年下の男性と結婚して仲よく暮らし、最後まで彼がそばにいた。

逆のケースはよくあるが、年下の男性から慕われ、結婚するという、素敵な人生だった。

年をとっても身ぎれいであることが、どんなに大切なことか。年だから構わなくていいなんて、とんでもない。年だからこそ、若い頃より気をつけて身ぎれいに保っておかねばならない。

私も下着はもちろんだが、上に着るものも決して昨日と同じものを着ない。どうしても着ざるを得ない時は、スカーフやブラウスで変化をつける。それは自己演出である。

昨日とちょっと気分を変えると、新しい自分になった気がする。そのために一番簡単にできることは、おしゃれである。

一番大切なのは清潔感。年をとってからはシンプルですっきりした質のいいものを身につけ、汚い暗いという印象を与えないように気をつけたい。

女に限らない。男にこそ気をつけてほしいし、おしゃれで素敵な男性になってほしい。真紅のシャツなど、白髪にこそよく似合うのだ。

4　死に装束を決めておく

白露や死んでゆく日も帯締めて　　鷹女

三橋《みつはし》鷹女《たかじょ》の句である。私はこの女《ひと》の美しく、孤高の俳句が好きである。死んでゆく日も帯をしめる。正装の死に装束、その気概。しかも女を前面に出すのではなく、むしろ女を拒否するかのような強い姿勢に惚れ惚れする。

それでいて激しい。

鞦韆《しゅうせん》は漕ぐべし愛は奪うべし

この樹《き》登らば鬼女《きじょ》となるべし夕紅葉《ゆうもみじ》

みんな夢雪割草《ゆきわりそう》が咲いたのね

その勁《つよ》さが好きだった。強さではない、勁さという方がふさわしい。

抑圧されるほど激しく強固になる、その生き方が好きだ。

多くの女性俳人が官能的であったり、女の感性をひけらかすなかで、理性を感じさせる作風だった。

私もできれば死んでゆく日も、きりっと帯をしめるような女でありたいと思う。

母が亡くなった後に実家にもどってみると、彼女が寝ていたベッドの上に、まだ一度も袖を通したことのない、仕付けをしたままの白い晴れ着がかけてあった。今まで一度も見たことのない着物だった。救急車で病院へ運ばれる時、これで最後と思って、とっさにできたばかりの衣を上に拡げていったのだろうか。

着物が趣味で、生前着物のコンサルタントのようなことを呉服屋に頼まれてやっていたこともある女《ひと》なので、彼女の死に装束はこれと、柩《ひつぎ》の上にかけてやった。

自分の死に装束を考えておくのも、粋《いき》である。自分が一番好きな着物だったり、洋服だったりを、それと決めておく。色は、なんとなく白がふさわしい気がする。死んで新しく生まれ変わる思いも込めて。

私は普段黒が好きだが、死に装束は白地に薄紫の裾もようのある訪問着にしようと考えている。母が生前作っておいてくれたもので、なんとなく着そびれているものだ。

昨年の夏の初めに日比啓子さんが亡くなったことはすでに述べた。

コロナ禍の中、親しい人だけで、通夜と葬儀を行ったが、お棺の中の日比さんはいつものように愛らしく優しく微笑んでいた。そして舞台衣裳で一番好きだった、淡いピンクのドレスをまとっていた。

生前どんなにおしゃれであろうが、洋服に気を遣っていようが、死んだあとは、できない。最後の最後に、どうでもいい洋服を着せられて旅立つのは、御免である。

「死に装束を決めるなんて、縁起でもない」と言うなかれ。死はいつも突然にやってくるのだから。

5 睡眠は毎日たっぷりとる

寝る子は育つというが、年をとるにつれて、睡眠は少なくていいと思い込んでいる人がいる。

年をとると熟睡できなくなり、目が覚めやすいことは事実だが、それだけに若い時より長く眠らないと十分に睡眠がとれない、というのが私の理屈だ。

だから現在、私は若い頃より長時間、睡眠をとるようにしている。

私の場合、午前中は目が覚めても、その日の予定やすべきことを考えるのに精一杯で、使いものにならない。

仕事は午後から夜7時頃まで、時々休みながら続ける。ほとんど昼寝はしない。昼寝の時間を誤ると、目が覚めた時、逆に気分が悪くなったりするからだ。

夜は遊びの時間。食事に行ったり、音楽会や芝居など楽しみのためにとってある。

現在はコロナで出かけられなくなって、テレビで昔の演奏を聞いたり、バレエを見たり、歌舞伎や映画などをＤＶＤで楽しんでいる。昔のフランス映画でマルセル・カルネ監督の「北ホテル」というのがある。ルイ・ジューヴェ、アルレッティ、アナベラが出ている。北ホテルは今もパリの下町サン・マルタン運河の際に建っている。そんな小さな庶民的なホテルへお茶を飲みに行ったのが、２０１９年の８月。ＤＶＤで見たままの「北ホテル」で、古く懐しいパリに触れることができた。

東京と違って、災害の少ない欧米では、ホテルや街の佇まいが昔のまま健在である。そんなこんなで、寝るのはだいたい午前1時頃になる。若い頃から、夜ふかしが好きだった癖が、いまだにどうしても抜けない。

無理に自分のペースを崩さずに、人それぞれの時間の使い方をすればいい。それが自分に合った老後というものだ。人に合わせるとうまくいかない。日本人の多くは短時間睡眠だと言われている。外国人の方が平均睡眠時間が長くて、平均８〜９時間だという。

私の知人で、一日４時間しか寝ないと豪語し、忙しくしていた人がいるが、残念ながら短命だった。

私は第一の健康法は、とにかくよく眠ることだと思っている。とはいえ、ベッドに入ってもなかなか眠れないこともあるが、そういう時は薬を飲んででも眠るよう努力する。寝ている間に、脳は活性化すると言われている。疲れた脳をゆっくり休ませてやると、細胞が生き返って、仕事や遊びなどをする意欲が湧いてくるのだろう。

すると翌朝はエネルギーに満ちた状態で目が覚め、存分に本を読み、原稿を書き、考えることができる。

寝る子は育つ。よく寝る高齢者はぼけない。

よみがえった脳細胞は、記憶力にもやる気にも通じる。いくつになろうが、必要な脳細胞を増やすことはできるのだ。

明日死んでもいいためには、今を充実して生きる。その源泉になるのは睡眠である。

6　会いたい人に会っておく

このコロナ禍に辛いことは何かといえば、会いたい人に会いに行けないことである。

99歳の母上が故郷青森の施設にいる女性編集者は、東京からは会いに来ないでくれと言われている。もし面会できるとしても、青森到着後、2週間の隔離を経てからだとか。仕事をしている彼女が行けるわけがない。

母上にもしものことがあったらと気が気ではないと言っていたが、当然だ。

昨年4月、軽井沢の山荘で深夜につれあいが階段から落ちた。救急車で病院に運ばれ入院したが、その瞬間から私は面会謝絶、東京から来たとわかると、必要なものも全て家から届けることはできず、売店で担当看護師さんに買ってもらうしかなかった。

人が集まる席に限らず、打ち合わせも会議もみなオンラインだと、血の通った会話ができない。

大事な人の死に目に会えなかった人、通夜も葬儀もできなかった例など枚挙にいとまがない。

私は日頃、あまり人に会えないから淋しいというタイプではなく、一人でいるのが好きなのだが、明日死んでもいいと思うためには、会っておきたい人は沢山ではないが、何人かいる。

日頃から、私は別れ際に「さよなら」とは言わない。「またね」と言った方が自分の気が休まるから、そうしている。

70代くらいからは、意識して人と会うようになった。

いつ、なんどき、会えなくなるかわからないという心もとなさを抱えるようになったからだろう。

約束をする時は、その場ですぐ決めるように努力する。そうしなければ永遠に決まらないからだ。やらなければならぬことは、「またね」ではすまない。

「今度ね」という言葉も昔よく使ったが、「今度とお化けは出たことがない」と言われるように、そんな言葉はあてにはできないのだ。

会いたい人、会わねばならない人とは、思い立ったが吉日で、すぐに日時を決めてしまうに限る。

決めておかなかったためにずるずる延びて、結局その人が亡くなってしまった、なんてことが最近でも何度かある。

年を重ねると、出不精になる。めんどくさくなって、つい延ばし延ばしになる。

つれあいのクラス会や私のＮＨＫアナ時代の同期会など、最初は泊りがけだったのが、夜の会合になり、昼の会食になり、ついにお茶会になってしまった。

会っておきたい人が誰なのかわからない場合は、そういうイベントに参加するのも、一興だろう。

7 新聞の訃報欄を見る

朝に新聞の訃報欄を見るのは、ある年齢以上の人は習慣になっている。

私も毎朝新聞２紙を開かないと、朝が来た気がしない。休刊日は、なんとなくもの足りない。手もちぶさたなのだ。

若い人が、必ずスマホをチェックするのにも似ている。

その新聞記事の中でも、最近まず目がいくのが訃報欄。仕事にも必要だが、プライベートでも必要なのだ。年代の近い人で亡くなる人が多くなり、うっかりすると見落してしまう。

長い間仕事をしていると、お世話になった人もいれば、しばらくご無沙汰している人もいる。

つれあいはジャーナリズム関係なので、昔から訃報欄が大事だと言っていたが、私も最近になって見るようになった。それにはプライベートな秘密の理由もあるのだ。かつての恋人の死亡記事である。有名人だから訃報欄に載ることは間違いないし、若い頃に私の心を持っていった人が、この世からいなくなるという記事を読んで、どう感じるか……私にとっては大切なことなのである。

私にはなすべきことがある。それが何かは言わないが、見逃すわけにはいかないのだ。

古典的な名作映画で「舞踏会の手帖」という作品がある。

ジュリアン・デュヴィヴィエ監督のフランス映画で、16歳の美しい少女が、舞踏会で男達から愛を告白され、36歳で未亡人になった彼女がその男達を尋ね歩くという物語である。

20年という歳月は、男達を大きく変化させていた。

自殺してしまったり、泥棒になっていたり、それぞれが人生の苦悩のさなかにあった。

未亡人は甘い記憶を辿りたかったのであろうが、実際には男達の過酷な現実があぶり出される結末となった。

未亡人は36歳という若さであったが、高齢となって、かつての夢を求めて尋ね歩いてみたいと思う人もいるだろう。

かつてプレイボーイの名をとどろかせた私の友人も、「このところ忙しいんだよ。『舞踏会の手帖』を実践しているんでね」と言った。

何人に会ったのかは知らないが、自分の心残りを着実に減らしているのだろう。

私自身はやる気はないが、どんな結末を見るにせよ、「舞踏会の手帖」の実現は、明日死んでもいい一つのきっかけになるかもしれない。

8 いいわけをしない

いいわけは癖になる。癖がつくと、何にでもつい言ってしまう。「でも」だとか「だって」だとか。

いいわけとは一種の甘えなのだ。どちらかというと女に多い。男に甘える、友人に甘える、家族に甘える。いや男の方が甘えるケースも結構ある。男の子が母親に甘えるなどは典型的だ。

男でも女でも、大人が「でも」だの「だって」だの言うのは、あまり格好いいものではない。

プライベートなら許せても、その癖が仕事にまで及ぶと、公の場では許しがたいし、マイナスの評価につながる。

私は、仕事では一切いいわけをしないことを自分に課してきた。相手の言うことが理不尽で非があっても、その場でいいわけはしない。「ハイ」と言って、右から左へ聞き流す。そして相手が自分で気がつくのを待つ。

自分に非がある時は当然のことだが、二度と同じ過ちはくり返さないと誓う。失敗は誰にでもある。くり返さなければいい。だが、同じ過ちをくり返すのは恥だ。

だからこそ、「でも」だの「だって」だのは禁句なのだ。

とり返しのつく時間がまだ沢山ある若い頃ならまだしも、年を重ねると、とり返しがつかなくなる。

甘える癖がついていているとなると、甘えることで物事が解決すると誤解をしているうちに、信用もなくしてしまう。

他人から信頼されない人間ができあがっていき、気がつくと、まわりに誰もいない結末となる。

そんな人は、自分の人生に満足して死ぬことはできない。死が近づいてきたと感じると、おろおろうろうろ、落ち着かないことこの上ない。死を堂々と受け入れられなくなる。

「でも」「だって」「まだ死にたくないんですもの……」といくらいいわけしても、死神は聞いてくれない。死神の胸にとりすがって泣いてみても、「寿命です」と冷たくつき放されるだけだ。

死に際にジタバタしないためにも、いいわけしない癖をつけておくことは、有効だといえよう。

9　本来の自分の名前にもどす

母が死んだ時、ずい分風通しがよくなったと感じた。

今までは私の前に立派な屏風《びょうぶ》があって、いつでも強風から守ってくれた。

たとえ死が私に手を伸ばしても、全力で私を守ってくれていた。

その人が、いなくなってしまったのだ。

屏風はとり払われ、もろに風が私に吹きつけてくる。微風なら心地よいが、「今まで経験したこともないような強力な台風」がしばしばやってくる。

私は気象庁の使う、この言葉が気になって仕方がない。「今まで経験したこともない台風」とは日本語としてどうなのか、いたずらに不安を煽《あお》るだけだ。もっと感情を入れずに、的確に伝えてほしいと思う。

それはともかく、この世における死は順番だ。母の次は私、私に子供はいないので次は誰になるか。

いざ死ぬ時になって、醜態はさらしたくない。堂々と受けて立つ横綱相撲でありたい。

そのためにも、私は等身大の自分で生きていく。

下重暁子という一人の人間として、それ以上でもなく、それ以下でもなく、生き切ると決めている。

そのさまたげとなるものが一つだけある。それは、私の戸籍上の名前が下重暁子ではないことだ。生まれてすぐその名をつけられ、仕事もし、恋愛もし、一歩ずつあゆんできた。

戸籍上の私の名前は、私の称号ではない。

他の選択もあったが、その時の社会情勢に従ってつれあいの籍に入ってしまった私は、このままでは死ねない。

私は実質的に下重暁子で生きてきた。だから、その名前で死にたいのだ。こだわることはないと思うかもしれないが、言葉は実体をあらわすためにある。

籍とは家制度の名残りであり、個人とは正反対にある。選択的夫婦別姓が制度化しそうにない場合は、私は下重暁子にもどってから死にたい。

等身大の私にもどるまで、死よ、待っておくれ！

10　うまいものを食う

「明日死んでもいいための44のレッスン」という本書のタイトル案を聞いて、私のまわりでは様々な反応があった。

つれあいは、「そりゃうまいものを食っとくことだナ」と、こともなげに言う。もう少し考えてからものを言えと思うのだが、食いしん坊はたいてい食べ物にいきつく。

この本の編集者も打ち合わせで、最初に口にしたのが「おいしいもの、好きなものを食べたい……」という台詞だった。

つれあいはエピキュリアンの面目躍如である。エピキュリアン＝享楽主義者の条件が、まずは食べ物であっても不思議はない。

私はといえば、最初に食べ物が来ることはない。もちろん食べることは大好きだが、一番目に来るかどうか？　ちょっと恰好つけるためにも精神性のあることを言いたくなるが、考えてみれば、食べ物をあげるのが正直な答えかもしれない。

大ブリューゲルは、庶民の欲を赤裸々に描いた画家だが、農民達が飲めや歌えやで歓喜に浸っている絵が沢山残されている。

ベルギーのブリュッセルで、昔、世界中のブリューゲルの名作を蒐《あつ》めた展覧会が開かれて見に行ったが、父の大ブリューゲル、長男の小ブリューゲル、その弟のヤン・ブリユーゲル、こぞって同様の絵を描いていた。

死ぬまでに食べたいものを食べ、飲みたいものを飲む。あまりにも素朴で、正直な願望である。

「バベルの塔」を描いた同じ画家によるものとは思えない、生き生きとした人々の表情、これこそ明日死んでもいいと思っている顔かもしれない。

欧米の絵画には、こうした題材がよくある。キリストが磔《はりつけ》になる前夜を描いた「最後の晩餐」（ダ・ヴィンチ作）をイタリアのミラノで見たことがある。

ここにはキリストの門弟《もんてい》が集っている。もちろん裏切り者のユダも。

テーブルの上には質素ではあるが、パンなど食べ物が描かれている。

キリストも、心を許した弟子と集ってワインを飲み、食事を楽しんだ。

雑誌で「あなたの最後の晩餐は何がいいですか」というグラビア企画などがある。

私もかつて、その種の企画に参加して最後に食べたいものを考えてみたが、意外にもその場になると、すんなり出てこない。

結局、今まででもっともおいしく感じたのは、名古屋のＮＨＫ時代、勤務中に伊勢湾台風に遭い、水道も電気も止まった中で、食べるものもなくなった時に、先輩の家で奥様からふるまわれた塩むすびであった。梅干しも何もない、塩でにぎっただけの、そのシンプルなおいしさが忘れられない。

驚いたのは、私と似た意見が多かったことだ。いざという時、思い出されるのは決して豪華な料理ではなく、おふくろの味的なものなのだろう。

11 お気に入りの食器を使いたおす

日曜日に家にいると時々見るのが、「開運！なんでも鑑定団」（テレビ東京）の「お宝拝見」である。

専門家が鑑定して視聴者のお宝に値をつける、超人気番組である。

番組を見ているとわかるが、骨董品を家中に蒐めているのは、たいてい男である。コレクターやマニアはほとんど男で、女は一つのものにあまりこだわったり凝ったりしない。現実的なのかもしれない。

私も一時期、赤坂に自分の好きな酒器などを並べた趣味の骨董店をやっていたくらい古いものが好きで、それは母からの遺伝のようだ。

骨董店主ともすぐ仲よくなるし、友達にも骨董品で家中足の踏み場もないくらいの好《こう》事《ず》家《か》が数人いるが、彼等は明日死ぬかもしれないという時、好きで蒐めたものをどうするのだろうか。

私は、どんな高価な食器でも、使わないと意味がないから、日常生活で使うようにしている。

お宝として箱に入り、押入れの奥深くに眠っているものなど、どんな名品でも気の毒である。

なぜか蒐集家は一人で見て、ほくそ笑む人が多いのだが、あの世まで持っていけるわけでなし、生きている間に、できるだけ沢山の人に見せてあげてほしい。

かつて１２０億円余りでゴッホの絵を、クリスティーズで落札した日本人がいたが、その絵を前に、毎日食事でもしているのだろうか。それよりも、みんなにその美を堪能してもらった方がよくはないか。

前述の番組は、日本各地へ出張するが、その先々で実に面白いものが眠っている。私などにはわからないが、古いおもちゃやおまけ、などなど。

見ているうちに、だんだんと蒐集家のタイプがわかってきて、そのうち蒐集家を見るだけで、骨董品が本物か偽物か、わかるようになるから面白い。

しかも、安いと思ったものにとんでもない高値がついたり、うやうやしく登場したものが二束三文だったり、人間の欲に目をつけた構成がうまくできている。金額が出た時のその人の表情も、実に見ごたえがある。

私はアンリ・ルソーの絵が好きで、「眠るジプシー女」や「夢」などの絵を見ながら死にたいと思うのだが、どうか蒐集家の方にお願いしたい。ほんとうによいものは、押入れの奥にしまわずに、いつも人目につくところに置いて人を楽しませ、自分も楽しんでほしいのだ。

12 お金は残さず、使い切る

相変わらず、オレオレ詐欺はなくなるどころか、手を変え品を変え、巧妙になっていく。

そのニュースを聞くたびに驚く。日本には金持ちが多いなあと。一生懸命働いて貯めた大切な金だと思うが、それにしても、５００万円だの１０００万円だのという大金を、たちどころに用意できることに感心してしまう。

いくら大切な子供や孫のためといえども、「紛失した」だの「返却せねばならない」というだけで大金を振り込んだり、見も知らぬ人に渡してしまったりと、あまりに迂闊《うかつ》に過ぎる。

もっと自分の身は自分で守らねば……ということより、すぐに用意できる大金が銀行や家にあることに驚かされる。

私は自分で働いて食べてきたが、５００万円だの１０００万円だの、すぐさま用立てられる金など身近にない。友人知人に聞いても、そう言う。いったいどういう人達なのだろうか、詐欺に遭ってお金を渡してしまう人達とは。

決して特別のお金持ちとは限らない。タンス預金やへそくりやら大事な虎の子には違いないが、子供や孫の一大事なら、よく調べもせずに調達して渡してしまう。

私も一度銀行で、おかしいと気づいた行員の制止もきかず、「あの子が大変なことになるから!」と言って、とり乱している年輩の女性を目撃したことがある。せっかく働いて貯めたお金なら、なぜもっと大切に使わないのだろう。少なくとも使うなら自分のために使うべきだ。

わが家はつれあいと私の二人暮らしだが、独立採算制を最後まで貫くと決めているので、自分の稼いだお金は自分で使う。その前に自分一人は自分で養う。

結婚して一緒に暮らしていても、家計は別々である。共通のものは二つに割って、食費は食事担当のつれあいが、住に関することは私が負担している。

別にきっちり計算するわけではなく、どんぶり勘定ではある。

大きなものを買う時、例えばマンションや車を買うときは、私が頭金を出せば、向こうは月々の返済というふうに、各自にとって都合のいい方法をとってきた。

着るものや趣味のものは買いたいと思った方が買い、相手に似合いそうだと思ったら、自分が買ってプレゼントする。

一緒に暮らす以前と何の変化もなく、個として暮らしている。それが私達に合った暮らし方だからだ。

自分の金は、自分のために使って死ぬ。誰かに残したり誰かをあてにしたりしないで、やりたいことをやって、自分一代で潔く使い切ろうではないか。

13 遺産相続は生前に決めておく

「地獄の沙汰も金次第」という諺《ことわざ》がある。

死んだ後、地獄に行くのか、極楽に行くのかを決めるのは閻魔《えんま》大王。その判定も金次第でひっくり返る。あの世に行っても、金があれば有利。それはこの世と変わらない。だから金を残しておかなければ、ということなのだろう。

あの世で現世の金など通用するわけはないが、それでも金を信用したい気持ちがあらわれた、いろはかるた（京かるた）なのだ。

まさかそんなことを信じている人はいないだろうが、ちょうど残高がゼロになったところで死ねる人もいなかろう。

自分の葬式代くらいは、最低限残しておかねばならない。コロナ禍によって葬儀もぐっと地味になり、たいていは家族だけでやるか、ごく近しい知人だけで、というのがあたり前になった。

派手な葬儀がなくなったのは、いいことだ。

友人知人のケースを見ていて、かつてはごく親しい人だけに、私の好きな場所でおいしいものを食べてもらう楽しい会を葬式代わりにしてもらうのがいいかと思っていたが、それも必要ない気がしてきた。「シンプル・イズ・ザ・ベスト」。死ぬ時ほど、その人にふさわしく。

コロナは人々に死を考えさせる、いい機会になった。

お金を子供達に少しでも残したいという人がいるが、それは諍《いさか》いのもと、遺産相続でもめる。

いちゃもんをつける人がいて、家庭裁判所の世話になり、あげくの果てに、きょうだいづきあいの断絶となる。私も目の前で近しい人のケースを見ているので、他人事とは思えない。

きょうだいは他人の始まりというが、もともと違う個人である。しかも成人して、結婚した場合は、そのつれあいが文句を言う場合も多い。

死んだ親はきょうだい仲よくを願うが、もはや死んでしまっては手が届かない。生きている間に諍いのもとを処分しておくことは、親の責任でもある。

自分で使い切るといっても、残ってしまう場合もある。私が父母から相続した時も現金はほとんどないが、父母が住んでいた家と、好きで持っていた骨董などが残ってしまった。

父の死後は、母が全て相続し、母が死亡した時にはどうすべきか、父の存命中に二人で公式な形の遺言を残しておいてくれたので、もめることはなかった。

早目にやっておくにしくはない。明日にも死が訪れるかもしれないから、自分の意思をきちんと伝える遺言書を作っておこう。最近は手続きも簡略になり、意思が伝われば、スマホに残すこともできるという。

私とつれあいは数年前に公正証書を作ったが、残ったものの始末や、必要とされるところへの寄附など、まだまだ見直しが必要である。

14 明日死ぬかもしれないからこそ、今日を楽しむ

明日死ぬかもしれない。それは誰にでも言えること。死は目に見えないだけで、明日やってきても、何の不思議もない。

しかし、確率として高いことがわかっている段階で、人はどう過すか。

私は、1970年代に中東に出かけることが多かった。つれあいが中東の特派員で、ベイルート、そしてカイロと支局を転々としたからだ。

ベイルートは目前に地中海、後方にレバノン杉の緑美しい山を控え、午前中にスキーをして午後泳げるという風光明媚なところだったが、危険と裏腹という中東の火薬庫のようなところだった。

実際に、昨年8月にも海辺の薬品貯蔵施設が爆発して、きのこ雲があがった空が不気味な様相を呈していた。

そして昔も今も、多くのパレスチナ・キャンプを抱えている。国境を接して南はイスラエル、かつてはパレスチナの地である。故郷を追われたパレスチナ人達のキャンプが多く点在していた。私は何度もキャンプを取材したことがある。現地でカメラマンさえ

調達できれば、つれあいがディレクター、そして私がリポーターでどこへでも出かけられる。ベイルート市内にあるアル・ファタハ（アラファト率いるパレスチナ穏健派）の許可さえもらえれば、連れていってくれる。長年のキャンプ暮らしなので、パレスチナの家族はそれぞれが石造りの小さな家に住んでいる。

レンガを積んだだけの簡素なものだが、家の前にブドウ棚を作って、その下にテーブルや木箱を持ち出して食事を楽しむ。

訪れると、シャイ（紅茶）などでもてなしてくれる。よくそんな心のゆとりが持てるものだと感心する。いつ国境を越えて、イスラエル軍の爆撃があるかわからないのに。

私が取材をしている時も、南部のキャンプに攻撃があり、幼い男の子の死骸が、冷蔵庫に保管した状態で運ばれてきた。

お茶をごちそうになった家には、年頃の女の子がいて、見ればきれいに手と足の爪にマニキュアをしているではないか。

「明日命を落すかもしれないのに、どうして？」

と思わず聞くと、

「そう、明日死ぬかもしれないから、今を精いっぱい楽しむんです。マニキュアをしたり、できる限りのおしゃれをして。今しかないから……」

感激した。私なら明日生きているかどうかわからない状況にいたら、「どうでもいいや」と投げやりになって、マニキュアなどしないだろう。

彼女達の置かれた立場を考えると、いじらしくも可憐だった。

家の前のブドウ棚とテーブルは、家族が夕食を楽しむためのものだという。明日がわからないからこそ、家族で今を楽しむのだ。

それこそ、生の実感なのではないか。

戦時中、私は小学生だったが、母はいつも身じまいをきちんとして、夜に空襲があってもいつでも逃げられるよう、枕元に着るものを用意していた。

紺色の繻子《しゅす》で作った、よそいきのもんぺもあった。

パーマネントの機器を初めて日本に輸入したレジェンドの美容師によれば、神戸から滋賀県に疎開中も、いくら禁止されても内緒でパーマをかけに来る人がいたという。

明日死ぬかもしれないからこそ、今日を楽しむ。それが生きるということ。いざ、その状況になった時に実践できるかはいささか心許ないとはいえ、そうありたいとは思っている。

15 ほんとうに好きなものに囲まれる

断捨離という言葉が流行した。ヨガに由来する言葉だそうで、いらないもの、必要のないものをできるだけ処分して、すっきり生きるということだろう。

拙著に『持たない暮らし』（KADOKAWA刊）というタイトルの本があり、いわゆる断捨離の本と間違えられたことがある。

しかし私がこのタイトルに込めたほんとうの意味は、ものを捨てることではなくて、ものを捨てないことなのだ。捨てないというよりは、捨てるようなものは買わないということなのだ。

私は今でも数十年前の洋服を着ることがある。昔から好き嫌いがはっきりしているので、嫌いなことはしないし、嫌いなものやちょっとだけ気になるくらいのものは買わない。ほんとうにいいものや、ほんとうに好きなものだけを買って、最後まで大切に使ってやるのだ。

使い方を今風に工夫してみたり、アレンジしたりするが、好きなものは今も昔も変わらない。「ちょっといいわね」と思って買ったものは、すぐ飽きがきて、見向きもせぬ破目になる。

ものにも命があるのだから、手許に縁あってきたものは、命つきるまで使うことこそが、買った者の責任ではないか。

今のように買っては捨て、捨てては買いの経済効率の渦に巻きこまれて、そのことで経済が保たれているなど、なんと貧しい暮らしだろう。

戦前まで日本人は、ものを大事にしていた。何代にも亘って使い込まれた家具などがあった。

ヨーロッパでは古いものを大切にするが、日本人はアメリカをまねたせいか、捨てては買う暮らしに馴らされ、ほんとうによいものとか、ほんとうに好きなものがわからなくなっている。

日本人の美意識は戦前までは各家庭にあったが、今は忘れ去られている。それだけ貧しくなったということなのだ。

私が心配するのは、人が亡くなった時、さっさと遺品が整理されてしまうことだ。いや死ぬ前からそれは行われていて、終活というらしいが、自分で身のまわりを整理するのが流行っている。捨てるのは結構だが、ほんとうに大切なもの、ほんとうに好きなものは、自分が生きている間は捨てない方がいいと、私は思う。

明日死んでもいいとはいっても、今日は生きているのだ。今日生きるのに大切なもの、好きなものまで整理して死を待つのは、あまりに淋し過ぎる。

ほんとうにいいもの、好きなものに囲まれて、死ぬまで過ごした方がいい。

樹木希林さんは見事な生き方をした人である。ということは、見事な死に方をした人でもある。死の半年くらい前、伊豆の仕事を御一緒したが、その澄んだ印象が忘れられない。「一切なりゆき」という心境に至った人の透明感だったと思う。

彼女の家のインテリアを雑誌で目にしたことがあるが、センスのよさに溢れていて、本物を知る人ならではと思ったものだ。

ほんとうにいいもの、本人のお気に入りのものが死後、遺族によってあっという間に捨てられてしまう例をいくつも見てきた。

私は、父母の座っていた椅子なども張りかえて使っている。亡き両親の姿も見えるからだ。息を引き取る最期の瞬間まで、好きなものに囲まれて過ごしたいと思っている。

16　定期的に山にこもって自然に返る

軽井沢の山荘に来ると、呼吸が楽だ。まわりの樹々や緑のせいだろう。

その軽井沢での特等席は、ヴェランダである。さりげない木の椅子に座って、風の音を聞いている。

明治のはじめ、宣教師が来日して素朴な別荘を建てた。旧軽の愛宕山《あたごやま》の麓、避暑地・軽井沢の始まりである。宣教師の娘だったエロイーズ・カニングハムが友人の建築家吉村順三に頼んで設計してもらったこの山荘を、私はこよなく愛している。

落葉松や樅《もみ》の木は年数を経て丈高く、風が梢をざわめかせて通り過ぎていく。ここへ来て、ほんとうの風の音を想い出した。

雨の日は、くぐもった空気が鼻先をかすめる。そう雨の匂い！　昔、木造のわが家で嗅いだ、懐しい香りだ。

山荘に来ると、自然の一員にもどった気がする。

死とは、土にもどること。自然に返ることを意味する。

だから、今からその練習をしておかねばならない。

都心のマンション暮らしでは、その方法を忘れてしまっているから、時々、自然に触れて想い出しておくのだ。

この間まで若々しい緑一色で雨に濡れていた楓《かえで》の葉と葉の間から、朱いものがチラチラする。眼鏡をかけてよく見ると、楓の日当りのいい上部の2〜3枚が紅葉をはじめているのだ。

そのうち白い霧に融けて、朱と緑の境がわからなくなった。

薄暗くなると、自然に庭の灯りがつく。すると霧はその灯にまとわりついて踊り始める。いつまで見ていても飽きない。体が冷えて、慌ててガラス戸を閉める。

放送局に勤めていた頃は、秒単位の仕事に追われ、軽井沢に来てもホテルでせいぜい2〜3泊するだけで、満足して帰っていた。

物を書く仕事が増え、長い時間を過ごすためにと山荘を探していて、ここを一目見て気に入って、購入し、時間があると来るようになって、少しずつ明日死んでもいいためのレッスンが進んでいる。

一人ヴェランダに座って黄昏《たそがれ》に体の時計を合わせていると、いつ死んでもいいという気がしてくるから不思議だ。

17　心を遊ばせるために散歩する

東京にいても、私は一日に10分、長ければ1時間近く散歩に出る。猫が毎日自分のテリトリーを見張りに行くように。すると、わずかな変化も見逃さなくなる。都心のオアシスのように、その一画だけ緑のある空間には、何棟もの一つ一つ違う形式のマンションが佇んでいる。私はその一棟に棲んでいる。江戸時代、堀田家の下屋敷があったことから、堀田坂と呼ばれる坂の上の高台である。

坂を降りると、おしゃれなビストロやカフェが立ち並ぶ地中海通りに行き着く。この間、空地になったかと思うと、もう次の店が開いている。

不思議なことに、一つのビルがなくなると、その前何だったか、どうしても思い出せない。都市はこうやって変化を重ねていく。

私はマンションを出るまで、行き先は決めていない。スニーカーなど一番ラクな恰好をして、今時ならマスクを忘れずに、足の向くまま気のむくまま、その日によって行き先もコースも変わる。

そして一度通った道は、同じ日には二度は通らない。必ず小径に入り、横町を通りぬけ、行きと帰りは違う道にする。

すでに知っている道だと、脳の感受性が鈍る。

時間がない時には、マンションの敷地内だけで済ますこともあるが、全部で３０００坪ほどあるので、中だけでも様々なコースがとれる。

どこからか金木犀《きんもくせい》が匂ってくる。試しに敷地内に何本あるか数えてみたら、１００本近く。あまりに多いので、途中で数えるのをやめた。

深い影を作る欅《けやき》並木も、まもなく落葉する。

季節季節の変化があり、その時々の花が咲く。私はここの自然を生かした設計に惹かれ、三十数年前に、最初の一棟が建った時からの住人である。

そして東京では、ここを終《つい》の棲家と決めている。三十数年いても時々発見があるし、散歩に出れば、街は様々な表情を見せてくれるからだ。

ただ散歩をすればいい、というものではない。できるだけ無目的に心を自由にして、外界を受け入れるゆとりが必要だ。

万歩計片手にせっせと歩いたり、買物をしたり郵便を出したりと、目的を済ませてまっすぐ帰ってきては、心を遊ばせられない。

心を空っぽにして、路地裏の白い野菊を見つけたり、初めて会う地域猫に挨拶したり。

ある日、坂を降りて、地下鉄の通る大通りの方へ歩いていった時だった。

角のカフェの隣に、小さな赤い枠のガラス扉の愛らしい店を見つけた。看板には「それいゆ」とある。その名は少女の頃人気があった、中原淳一の絵が表紙のおしゃれな雑誌と同じではないか。中原淳一の店が、坂の下にできたのだ。こういう発見もある。

一見、無駄に思えるような散歩時間を、いつまでも持っていたいと思っている。

18　社会や政治に対し、意見をきちんと表明する

大坂なおみ選手が２０１８年以来、二度目の全米オープンを制した。快挙である。コロナのニュースなどあまり明るい話題がない中で、唯一といっていいかもしれない。優勝したことはすばらしい。私がそれ以上に拍手喝采したのは、彼女が黒人差別で亡くなった人の名前をマスクにつけて登場したことだ。

もっとも人目につく方法で、「私は黒人です」ということを表明した。

アメリカにおける黒人差別は、今もって解消されていない。黒人に対するその根強い蔑視は、オバマ大統領の登場でもたいして変わらず、次のトランプ大統領で逆もどりしてしまった。

古くは南北戦争、キング牧師の事件などを経ても、本質的には何も変わっていないと言うべきか。

私は30年ほど前に「世界の教育」というテレビ番組で、ボストンの「busing《バシング》」と呼ばれる人種差別撤廃に向けた取り組みを取材したことがある。

騎馬警官が出動し、投石などがくり返されるのを目の前で見て、日本人にはなかなか

理解できない、その根深さを知らされたのだった。

ここへ来て、黒人に対する警官の暴力的行為や許しがたい射殺事件などが多発し、大坂選手も何か自分にできることはないかと考えたのだろう。

どんな形が一番いいか、最近ではSNSなどを使う活動が多いが、大坂選手はあえて、黒人被害者の名をマスクにつけて登場した。

今、彼女がとれる最高の方法だったろう。

相当な勇気が必要だったに違いない。そうした行動がどう評価されるか、影響力の大きさを考え、それでも今自分のするべきことだと決断した。その決断力に脱帽する。しかも犠牲になった一人一人の名前を、7試合で全て掲げ、戦った。

そのことが全世界に訴える力は、どんなに大きいものだったか。

中には、私が知らない事件も忘れていた事件もあった。その一つ一つを思い起こさせ、その事件に対する人々の感情を喚起した。

大坂選手は以前に比べて精神面で大きな進歩があったと言われているが、かつてのように感情があらわになることもなく、耐えるところは耐えて実力を発揮した。

アスリートが社会人としての自分の意見を表明するには、様々な軋轢《あつれき》もあったであろう。それと戦いながら意志を貫き通す力、今の大坂なおみ選手はほんとうに素晴らしい。彼女の行動に勇気づけられた人がどのくらいいただろう。

私達は大坂なおみ選手に学ぶべきだ。

一人の人間として、社会や政治がおかしいと思えば、自分にできる方法で、それに対する意見を表明することをやめるべきではない。

大学時代の友人と話す時、それぞれが自分にできる方法で意見を伝え続けようと、いつも励まし合う。

私なら物を書く場で、活動家である彼女は現場へ足を運ぶことで発信する。

社会に対し、自分の意見を表明できなくなったら、おしまいだ。せめて生きている間は、自分にできる方法で社会参加し続け、後世のために、少しでもいい社会を残したい。

19　謝るべき人には、今日連絡する

しばらく連絡しないでいるうちに、相手が亡くなってしまったという時の後悔といっ

たらない。

特にお世話になったお礼とか、誤解したまま、されたままの間柄とか。ともかく、思い立ったら吉日。やるべきことは早くする。「しまった」と思っても、もはや術《すべ》がない。相手の身になってみると、なぜ連絡がないのだろうと、いらいらしたり、いやな思いをしているかもしれない。

私はかつて、すぐ返事をするとか、すぐ謝るということができなくて、引き延ばしているうちに時が経ち、忘れてしまうことがあった。しかし、今はすぐ返事をする。

しばらく連絡をとっていないと、相手がどんな状況にあるのか、忙しいのかどうかなど、わからない。しかし今は相手に電話をかけなくとも、パソコンや携帯のメールという便利なものがある。

手紙を書くのが一番丁寧だとわかっていても、何から書き始めようとか、すぐ言葉が浮ばないことがあるが、メールなら簡潔でいい。こちらの思いが早く伝わることが大事だから、私はまずメールを送り、後でゆっくり電話をしたり手紙を書いたりする。

特に、謝らねばならぬことだの、こちらに非があることについては、誤解を解く作業が大切である。

私はかつて、送付物の内容を間違ったまま送り届けてしまったことがある。すぐ気づいて謝るべきだったのだが、少し日が経ってしまったために、その人と断絶状態になってしまった。

そうしたことを抱えて死んでいくのは、やりきれない。

「立つ鳥跡を濁さず」

できるだけ身辺をきれいにして、詫びるべきことは詫び、伝えるべきことは伝えておきたい。

死はいつ来ても不思議はないから、早いに越したことはない。

借りたものがある場合は、気づいた時点でなるべく早く返そう。時間が経つと借りたことすら忘れてしまうものだが、貸した方は忘れてはいない。すぐに返してくれるのだろうと思いながら、口うるさく言うわけにもいかず、ストレスが溜まっている。

特に金銭的な貸し借りは難しい。

原則として、お金の貸し借りはしないことが大事。親しい間柄こそ、気をつけたい。

親きょうだいであれ、他人であれ、人間関係がもつれる原因は、金銭であることが多いのだ。

保証人などになるのも、考えものである。借金をしたり、どうしても必要があって保証人を立てたりしなければならない場合も、親しい人（家族を含め）に頼むのは、できるかぎりやめたい。

例えば家を借りるにしても、かつては保証人が必要であったが、今は公の機関や、それを肩代わりしてくれる会社がある。

どんな親しい間柄でも、保証人になったばかりに、莫大な負債を抱えこむことになるケースはいまだに減らない。

万一、どうしても保証人になってあげたいと思うなら、最悪のケースも考え、それを引き受ける覚悟がなければならない。

20　人に期待をせず、自分に期待する

親しい友達と別れ際、ふと思うことがある。

もしこれで終わりだとしたら、何か言い残したことはないか。大切なことを忘れてはいないか。

しかし自分が死んだ後のことは、あれこれ考えてみても仕方ない。彼女や彼にやってほしいことがあったか考えてみても、忘れたならそれはそれで仕方ない。他人に（家族を含め）こうしてほしい、ああしてほしいと期待するほど空しいことはない。

冗談で友人に聞いてみたことがある。

「これで、もし帰りに列車が事故に遭って、私が死んだらどうする？」

「まさか……。でも、それでどうしてほしいの？」

「別に。あなたがしたいようにしてくれればいいわ」

私は、他人に期待することが嫌いだ。ああしてほしい、こうしてほしいと思っても、相手がそう思わなければするわけもないし、押しつけるのもいやだ。自分がされていやなことは、他人にもしたくない。

つれあいについても、そうである。私の嫌いなことはよくわかっているからやらないだろうし、好きなこともわかっているから、その方向に近づけてくれるだろうが、しかし突然、気が変わってやらないかもしれない。それでも仕方ない。

期待はした瞬間から、必ず外れていくものだから。

私は、自分が死んだら相手の自由にしてほしいと思っている。この前作った遺言の公正証書には、私が死んだ後はつれあいに一任する。彼が死んだら私に一任する。簡単に言うと、それしか書いていない。

旅行中飛行機が落ちて、二人共同時に死んだ時には、ある人に全てを任せることにしている。親類縁者ではない。その人を信頼して任せたからには、後はその人がどうしようと、かまわない。

仮に、私の想定したことをしてくれなかったとしても、私に人を見る目がなかっただけのことである。

親が子に期待することは多いが、子にとっては負担以外のなにものでもない。誰かに期待したいと思うのなら、他人ではなく、自分にすべきである。

ただ、死んだ後の自分に期待するのだけは無理だ。自分の葬儀に対して何かしらの希望があるのなら、生前葬を行うしか方法はない。

かつて女優の水の江瀧子《たきこ》さんが生前葬をやって話題になった。

78歳の誕生日の前日に親しい人々を集めて行った。

他人に期待せず、自分で葬儀までやってしまう。それはそれで、その人の生き方をあらわしている。他人に期待してやってもらうのではなく、自分でやる。わからなくはない。

しかし、生前葬にしても、人に集ってもらうところに、どこか他人に対する期待があるから、私はやらないだろうが。

21　自死を頭から否定しない

自死をする若者が増えているという。このコロナ禍で経済不安などが自死の原因としてクローズアップされてきているが、若年者の自死の原因の最たるものはやはりいじめだという。コロナ禍といじめが複合的に絡み合うケースも今後十分起こりうるだろう。

なぜ自分が当事者だったら、という想像力がないのだろう。死と同様に、明日はわが身なのだ。

人を死に追いこむようないじめなどあってはならないのは当然だが、実際にはあるのが現実だ。

子供達のいじめの問題を表面的にさっと見ると、どうしてそんなことで死んでしまうのだろうと考えがちだが、家庭と学校くらいしか社会を知らず、あとはインターネット上の仮想空間だけがすべての世界であるような子供達が、「死ね」とSNSで言われたら、まるで全世界から生存を否定されたように感じて、もはやこの世に自分の生きる場はないと自死に至ってても仕方ないのかもしれない。

いじめというのは、その意味で一種の殺人といってもいい。そんな偏見に負けずに強く生きろ、などと口で言うのは易しいが、希望が何もないという精神状態に追い込まれた時、自死を否定できるかというと、私にはできない。

自死、つまり自殺は、その人の寿命だったのだと考えるべきだ。

文学者の自殺は昔から多いが、なぜか私は自殺した作家の作品が好きだ。そこには自分の死を見据え、覚悟した作品が多いからだろう。表面的には見えなくとも、彼等はどこかで死を意識しつつ、作品を書いている。

芥川龍之介は「ぼんやりとした不安」にさいなまれて自ら死を選び、太宰治は女性と入水する形で人生を終えた。さらに三島由紀夫は、市ヶ谷の陸上自衛隊駐屯地に同志と共に押し入り、隊員に決起を呼びかけ、その後切腹というショッキングな形で自刃した。

きっと彼等には、自分で自分の人生を完結させずにはいられないものがあったのだろう。

三島の死の後、川端康成、江藤淳、最近では西部邁《すすむ》氏が多摩川河川敷で知人の力を借りて自死した。

彼等が鬱だったといってしまえばそれまでだが、その鬱の原因は何か。

彼等は明日死ぬかもしれない偶然にかけるのがいやで、自ら自分の幕引きをせざるを得なかったのではないかと私は思っている。

つまり、明日、死ぬと自分で決めた人生だった。それを責める権利は誰にもない。

「選ばれしものの恍惚と不安と我にあり」と言った太宰治のように、自死が必ずしも悲しむべきこととも限らない。

俳優として将来を嘱望され、その舞台を見た人をとりこにした三浦春馬さんの自死、同じく様々なドラマや映画で活躍した竹内結子さんの自死。自死という行為が心に深く残るのは、誰にもわからぬ明日を自分の手で決めたことに対する無意識の羨望ではないだろうか。

22 恩師を心から敬う

即身仏を見たことがあるだろうか。いくつかの寺で拝観することができるが、いわば仏になったミイラである。

死期を悟った人が、自ら食物を断ち、水もとらず、少しずつ肉体は衰えていって死に至る。仏になるという修行である。というより、そうした修行の末に、仏になれるのだ。

今もそういう死に方を選ぶ人がいる。多くは仏教徒である。

早稲田大学時代の先生で、亡くなる寸前までおつきあいのあった暉峻《てるおか》康隆《やすたか》教授、江戸文学の研究者であり西鶴についての第一人者、さらに芭蕉や蕪村など俳諧についても教えていただいた。

私の卒論のテーマは萩原朔太郎だったが、暉峻先生の授業だけは欠かさずに出ていた。

一年生の夏休み、芭蕉の生家を訪ねる旅に御一緒してから、卒業後も親しくしていただき、連句の会に招ばれ、江南の春を訪ねる中国への旅や、韓国の民俗芸能をたずねる旅にもお伴した。

こよなく酒を愛する先生と晩年に食事をした。その翌日御自分の主宰する句会に出かけて風邪を引き、死期を悟られた。

それからの生き方の凄さ、見事さ。とても真似ができないが、できれば足許にでも近づければと思う。

奥様を先に亡くされ、世田谷区大原のお宅にお嬢様と二人暮らし。床に臥せってからは、誰にも会わず少しずつ食を断ち、大好きな酒も飲まず、水だけは飲まれていたのを少しずつ減らし、ついには一滴も口にせず、臨終を迎えられたという。最期を見とったお嬢様から聞いた話である。93歳だった。

これも自死の一種だと思う。寿命を悟られた先生は、自ら食も水も少しずつ断つことで見事な死をとげられた。

知らせを受けてお宅に伺うと、最後まで手を入れていた『暉峻康隆の季語字典』の数千枚の原稿が机の上に積まれ、最後に御一緒した時、作家の澤地久枝さんが先生に贈った平田暁夫の黒い帽子が柱にかかっていた。

先生は御自分の意志を貫いて亡くなられた。理想的な死であったと思う。

先生には立派な手本があった。実は先生は鹿児島の志布志の金剛寺の長男に生まれ、浄土真宗の寺の跡継ぎだったが、文学がやりたくて出奔《しゅつぽん》し、早稲田大学で国文学を専攻、近世文学を専門とされた。

「女子学生亡国論」などでマスコミを賑わし、「ＮＨＫお達者文芸」に出演するなど最後まで現役だったが、実は父上や出奔した寺への思いが深かった。

父上は当時まだ地方では反発のあった浄土真宗の寺を志布志の地に作り、その反骨精神は先生に引き継がれた。

父上が亡くなる時には、やはり自ら食や飲み物などを全て断たれ、大往生を遂げられたのだという。その死に方、すなわち生き方を見て、徐々に決意を固められたのであろう。

23 自分の死のイメージを作る①

パートⅠで、私の母がその母（私の祖母）と同じ3月18日に死にたいと念じ、その通り春の彼岸の入り、3月18日に死んだことを書いた。

あまりにもうまくいき過ぎて、当初はなかなか信じられなかったが、偶然ではないことは確かだ。生前、母は、自分の親の意志的な生き方を最期だけでも見習いたいと思い、見事にその通りに死んだのだ。正直、「まいったなあ」と思った。

彼女が毎日言っていた「母親と同じ日に死にたい」という願いは、見事に叶った。意志の強い人だったから、一人暮らしになって毎日それだけを念じて生きていたのだろう。

葬儀の後、縁者の集った席で、真っ先にそのことが話題になった。

「偶然じゃない、彼女の気持ちが天に通じたのだ」と人々は口々に言った。

もし彼女がそう念じなかったら、絶対に起こらなかっただろう。死をイメージすることは、生をもイメージすること。それが積み重なって、偶然としか思えないことが起きる。

奇蹟《きせき》は起きるのだ。積み重ね、積み重ねを続けるうちに、ある日忘れた頃に結果がやってくる。

ノーベル賞を授与された科学者はある日突然、何かひらめいて大発見に至ったように思われるが、実はそこに至るまでの長い長い年月、実験に実験を重ね、考えに考えた末、忘れた頃に結果が出るのだ。

死は、その人の人生の最終結果なのだから、一日一日をどう過ごしたかの集大成なのだ。

私には、母のような具体的なイメージは浮んでいない。

ただ、どういう状況で死にたいかというイメージだけは、きっちりできている。

季節で言えば、晩春か、初秋、季節の変わり目だが、その理由は好きな花にある。私は、山吹《やまぶき》と萩が好きだ。晩春、軽井沢の山荘は山吹の黄に包まれる。

いつの間に根づいたのか、山吹が増えて、小さなトンネルを作っている。入口の私道になだれていたのが、庭の斜面にも生えている。白山吹も自生している。

〝山吹の下に猫を埋めておやりよ〟

という句を作ったことがあった。

猫が死んだ時のことである。

そして初秋、萩が咲き始める。

植木屋に頼んで植えてもらったものだが、白萩と紫の萩が山荘に秋の訪れを告げる。

山吹も萩もどちらも長い首を傾げて、私の死出の通り道を作ってくれる。

住まいの近くの和花の店の主人に、「私は晩春か初秋に死ぬから、山吹か萩をよろしくね」と頼んである。はたして、願いは叶えられるだろうか。

24 自分の死のイメージを作る②

「花だけ考えて、どうするの？」と親しい友人は言う。

しかし花だけでも考えておくと、何となく楽しくはないだろうか。

私の母は紫の花が好きだったから、墓まいりには必ずミヤコワスレを持参する。

小諸《こもろ》に住む知人の家には、『平家物語』に出てくる娑羅双樹《さらそうじゅう》が植わっている。夏椿と呼ばれることもあるが、両者はよく似ていても実は違う種なのだそうだ。

「祇園精舎の鐘の声　諸行無常の響きあり　娑羅双樹の花の色　盛者《じょうしゃ》必衰の理《ことわり》をあらわす」

この冒頭の文句は、この世の無常をうつし出している。

私は京都の寺で本当の沙羅双樹を見たことがあるが、知人の庭の写真はどちらだったのか。

「母が好きで植えてました」

その母上は50代で突然の死であったという。一日一輪咲いて散る。そのはかなさ、花はその人を表しているのかもしれない。

季節の次が時刻。私は夕暮れ時、闇が支配した瞬間にあの世へ行くと決めている。

パートIでも書いたが、闇や夜は死の世界、払暁《ふつぎょう》に生まれた私は、日が暮れて夕焼が闇に吸いこまれた瞬間にあの世へすべりこむ練習を、暇があると続けている。

これが、なかなかうまくいかないのだが。

微妙にずれて、闇に変わる瞬間をのがしてしまう。

ちょっと目をそらしたり、人の声や鳥の声に気をとられた瞬間にふと気がつくと闇、その境目を見つけることが難しい。

訓練していると、結構面白い。ずっと見張っていればうまくいくというものでもなく、耳を澄ましていれば捕まえることができるというわけでもない。

日本ではそれでもまだ規則正しく闇がやってくるが、外国では全くうまくいかない。

ヨーロッパの特に夏は、北欧に近づくほど、いつまでたっても闇にならない。夕日はある時刻から止まったように西にあり、そこから沈んでいかない。2〜3時間かかって、ようやく薄暗くなり始める。

白夜《びゃくや》と呼ばれる現象は、北半球では北に行くほど長く、夏はなかなか日が沈まないが、冬は夜が長い。

フィンランドのヘルシンキへ行った時、9月だというのに、車が昼間からヘッドライトをつけて走っていた。

日本でも、秋の日はつるべ落しとやら、9月10月と闇の訪れが早くなり、11月12月ともなると4時頃にはすでに暗くなる。

そんな自然条件の中、闇を捕まえるのは容易ではない。

というわけで「夕暮れが闇になる瞬間に死にたい」といっても、言うは易く、行うは難《かた》しである。

晩春か初秋といっても、晩春は徐々に日が延びていくが、初秋には闇の訪れが早くなる。まずどちらかに決めねばならない。かつては秋の方が好きだったが、齢《よわい》を重ねるにつれて春の方が寂しくない。やはり5月生まれには、晩春の方が似合っている。

25 死ぬ時が一番個性的になる

生まれた時、人間は一人であり、その意味で個ではあるが、その人らしさという意味の個性は、身につけているのだろうか。

父と母のＤＮＡを引き継いではいるが、生まれたばかりで見かけや性格の違いはあるとしても、個性と呼べるものに育ってはいない。

少しずつ少しずつ、年を重ねるにつけ変化し、さらに環境の影響も受けながら幼少期を経て、学校を卒業し、家族からも卒業して一歩ずつ自分になっていく。

人によって違いはあろう。他人ばかり気にし、世間の常識にのみ込まれていくと、せっかく持って生まれた個性は消えていく。そんなもったいないことをしてはならない。

私は、25年ほどＮＨＫ文化センターでエッセイ教室を受け持っているが、来る人達に教えることは一切しない。私には人様に教えられるほどの学識はなく、もし私にできるとしたら、一人一人の個性を引き出すことだけだ。

何か物を書いてみたいというのは、つまり自己表現がしたいということだ。だから集ってきた人達にはそれぞれ特徴がある。ただ本人がそのことに気がついていないだけ。その緒《いとぐち》を見つけて引っ張り出すのが、私の役目である。

大学を出て、組織でそれなりの勤めを終えた人や、あるいは家庭に入った主婦が個に目覚め、自己表現をしたくなるケースも多い。私のエッセイ教室では、一つのテーマにつき４００字詰め原稿用紙で３枚～３枚半と決めている。小説風もよし、詩と散文のミックスもよし、自分で一番書きやすい方法で書いてもらう。

いわゆる文章講座のように赤を入れたり、表現を直したりはしない。できるだけ作者の思いを尊重する。何を書くか考えることを大切にし、書く前に時間をかける必要性を話す。

その後でどう書くか、多少経験者である私なりのアドヴァイスをする。

その中で自分を徐々に掘り下げていき、自分とは何かに気づきながら個性を培ってもらう。

時間のかかる作業である。しかし、文章を考える作業を通して自分の人生とじっくり向き合うことは、個性を作るための長大な旅である。

私は、死ぬ時が一番個性的でありたい。柩を覆う時、一番自分らしくありたいと願っている。

むのたけじさんを御存じだろうか。２０１６年、１０１歳で亡くなった。言論人であり、これ以上の硬骨漢《こうこつかん》を私は知らない。

戦時中は朝日新聞の社会部記者で、従軍記者として侵略戦争の真っ只中にいた。ポツダム宣言受諾後、社会部でこれからどう生きるべきか議論になった時、戦争協力への反省も、新たな出発も見られない新聞社のあり方に疑問を感じて、退社。故郷秋田に帰り、30年間週刊新聞「たいまつ」を発刊し続けた。言論人としての責任をとった、数少ない一人である。

生前、二度ほどインタビューさせていただいたが、その強さと優しさに、感動させられた。

戦争反対を訴え、晩年も憲法集会やデモに参加し続け、硬骨の人として亡くなった。

その一貫した人生の中で、85歳で書いた色紙がある。

「死ぬ時、そこが人生のてっぺんだ」

人は、死ぬ時が一番個性的であるべきなのだ。

26 自分をまるごと愛する

できれば、しみじみと自分を愛《いと》おしんで死んでゆきたい。

自分を憎んだり、人を恨んだりしながら最期を迎えるのはいやだ。

「実に安らかな、いいお顔でした」

たいていの人が亡くなるとそう告げられるが、実際にはどうなのか。阿《あ》修羅《しゅら》のごとき憤怒《ふんぬ》の表情で亡くなる人もあろうし、仏のような優しさに満ちた顔の人もいるだろう。

死に顔には、その人の品性が表れる。生前、人を欺いたりおとしめたりしたことのない、気持ちのいい人……、私が声楽を習っていた、日比啓子さんがそうだった。

急に亡くなったが、その死に顔には気品があり、生き方が死に顔に表れることを実感した。生前よりも、むしろ品性が際立っていた。

日比さんは、自分を愛することを知っている人だった。

自分を愛するためには、自分をよく知ってやる必要がある。どんな時にイライラし、どんな時に感情的になり、自分を失うか。全てを知ることは辛い面もあるが、自分をまるごとよく知り、その自分を慈しんでやることが大切だ。

自分を愛し、慈しむということは、他人をも愛し、慈しむことなのだ。自分の気持ちと正直に向き合い、冷静に見つめることで、人はどんな時に喜び、どんな時に悲しむかがわかる。

その結果、人の気持ちがよく理解できるようになる。想像力が生まれるのだ。

想像力を働かせられれば、ゆとりが生まれる。相手の気持ちを理解するためには、まず自分をよく知ること。それなしに、心の底から共感することはできない。

白血病で生死をさまよった友人が言っていた。

悲しみも辛さも全て含めて、まるごと自分だと認め、そうした自分を愛し、慈しんでやることを知って初めて、苦境から脱出することができた、と。

27 慌てない平常心を保つ

テレビで久しぶりに岩下志麻さんを見た。昨今の女優さんと違って、あの頃の女優さんには落ち着いた雰囲気があった。特に小津安二郎の映画に出ていた女優さん達には。

「駈《か》けずのお志麻」

岩下志麻さんは、そう言われていたそうな。決して慌てない。どんな時も走らず、落ち着いていたということだろう。

私もよほどのことがない限り、走らない。走ると、心まで焦ってしまいそうだから、まず「落ち着け！」と自分に言いきかす。そして、今すべきことは何かを考える。

バレエをやっていた時のことだ。発表会直前、一緒に出る女性のバレエシューズが見つからなくなったことがあった。

出番は次に迫っている。私は大声で、「23のサイズのバレエシューズの人いますか？」

と聞いた。運よく、すでに出番の済んだ人の中に同じサイズの人がいて、借りることで事なきを得た。当人やみんなから「助かった！　咄嗟《とっさ》の判断ができて凄いですね」とおほめの言葉をいただいた。平常心であれば、すぐに思いつきそうなことであるが、状況が状況なだけに、みんな思考が停止してしまったのだろう。

思うに、放送局ではナマ本番など当たり前で、予定が急遽変わって、その場で判断せねばならぬことも多かったから、慌てず咄嗟に判断する癖がついていたのかもしれない。

平常心という言葉は、棋士やアスリートなどもよく使う。

インタビューで「今のお気持ちは」などと聞かれた彼等は「平常心で」と答えるが、私は私の死の瞬間を、棋士やアスリートが勝負に臨む際の、静かな湖面のごとき平常心で迎えたいと思うのだ。

その時になってジタバタと慌てて、みっともない姿をさらしたくない。

「ついにいらっしゃいましたか……」と静かに落ち着いてお迎えしたい。

逃げようとしても、隠れようとしても、死の前から姿を消すことはできない。それなら覚悟を決めて、堂々と遠来の客をお迎えしたい。

その時になったら、はたして自分がどうなるかはわからない。けれど普段から平常心を心がけておけば、明日冥界から使者がやってきても、心が乱れることは少ないかもしれない。

子供の頃、結核で2年間寝て過ごしていたので、どこかに諦観《ていかん》があるのかもしれない。思いがけぬ事故にあっても、私は騒いだりはしない。

最近でいえば、3年続けて骨折したことがあった。1回目が3・11の年、薄暗がりで車から降りて、丸い大きな石にヒールのある靴でのりあげ、見事に転んだ。

足許が見えなかったのだ。痛みは尋常《じんじょう》でなく、足首が折れていた。応急手当でギプスで固め、しばらく車椅子のお世話になった。

次の年のやはり夕暮れ時、自宅への坂道をのぼる途中、左足首を捻挫《ねんざ》した。さらに次の年、軽井沢でうしろから来たバイクを避けようとして、手をつき左手首骨折、3年続けて〝首〟を痛めた。

救急で行った病院で待つ間、私は決して痛いと言わない。ぐっと黙って耐えている。痛いと言えば言うほど、痛みが増すのを知っているからだ。

深呼吸して、じっと待つ。平常心のレッスンだと自らに言い聞かせつつ……。

28 ストレスを溜めない

ガンなどの病にかからないコツは、ストレスを溜めないことだという。ストレスとは心理的なもので、目に見えないからコントロールの方法は自分で見つけるしかない。

この世はストレスだらけと、よく言われる。職場、組織内でのストレス、知人や友達との間のストレス、家族間のストレス等々、原因はいくらでもある。

その多くは、人とのコミュニケーションによるストレスである。対人ストレスが一番こたえるから、私はストレスになる人とは、できる限りつきあわない。

要は、ストレス解消につながる人としか会わないようにしている。

人づきあいが悪いとか、協調性がないとか、どのくらい言われたことだろう。

それでもいい。ストレスが溜まるよりは、つきあわずに悪口を言われる方がまだましだ。

知人に心優しい人がいて、ストレスになる相手でも、きちんと話を聞いている人がいる。

だが、今度はそれによって溜まった自分のストレスを、誰かに吐き出さなければならなくなる。

ストレスは感染《うつ》るのだ。一人のストレスが次のストレスを生み、また次の人へ感染る。ストレスはどこかで断ち切らねばならない。

私は冷たいと思われようと、何と言われようと、ストレスになる人とはできるだけ会話をせず、私のところで断ち切る。

プライベートならそれも可能だが、仕事となるとそうはいかない。そういう時はどうするか。

右から左へと聞き流す。態度には表さず、きちんと話は聞くが、自分の心の中に留め置かない。注意を受けた時も、自分にとって大切なことはいやなことでも受けとめるが、どうでもいいことは、右から左へ流す。その方法は、放送局の大組織にいる時に身につけた。

いい子になって他人の言うことを何でもハイハイと聞いていると、ずっといい子として扱われてしまう。私が話を聞き流しているのがわかるのか、そのうち「あいつはああいう奴だ。彼女には彼女の考え方があるのだ」と徐々に認めてくれるようになる。

そこまで行けば、しめたもの。後は自分のペースで生きられる。それには他人の言うことをいちいち気にしてはいけない。自分なりの考えの基準を早い段階で築いておかねばならない。

そして、いやなことは早く忘れる。忘れるための方法は、自分の好きなものに熱中することだ。

好きな音楽を聴く、絵を見る、映画を楽しむ、体を動かす等々、何でもいいから、一刻も早く忘れる方法を実行することだ。

その日のストレスは、その日のうちに発散する。ストレスが溜まりに溜まって体に異常を来《きた》し、鬱やガンになっては大変である。

ストレスの連鎖は、早めに断ち切るに限るのだ。

29　自分を証明するものを持ち歩く

知人の男性は、いつどこで行き倒れるかわからないから、その時のために自分が誰かがわかるものを持参しているという。

数年前までは運転免許証だったが、それも返納してしまって、かわりに「運転経歴証明書」はもらったが、あとは健康保険証しかない。彼はアナログ人間だからスマホも馬鹿にして持とうとしない。ガラケーだけでもといっても、かたくなに持とうとしない。

困ったものだ。

彼はもの書きなので家族の暮らす家には帰らず、ほとんど仕事場で寝起きしている。もし外で何かあった場合、家族に知らせるためにも、家族の連絡先もはっきりさせておかねばならない。

「そういう時のためにもマイナンバーカードが必要なのです」と言われそうだが、彼はリベラルなジャーナリストだから、様々な個人情報をひもづけされるのを快《こころよ》しとしない。

私だっていやだ。第一、人間に番号をつけて呼ぶというのが気に入らない。従って、いちおうマイナンバーカードはもらってはいるが、使うことはない。

最近は契約書や様々な書類にマイナンバーを書く欄があるが、いつも空欄である。聞かれれば、「わからないので」と返事をすれば、それで済む。

マイナンバーカードを使っている人が少ないので、国はなんとか普及させようと躍起《やっき》である。だが、実際に持っている人は2割弱だそうだ。

誰だって個としての顔も名前もあるのに、番号などで呼ばれたくない。便利や効率だけで何でも済まそうという考え方がいやなのだ。プロ野球選手の背番号ならまだしも、国民一人一人を番号でくくろうという考え方はおかしい。個人の尊厳をおびやかす最たるものだ。

菅義偉首相は現実主義者を絵に描いたような人で、全国民に徹底させようとするだろうから要注意だ。

番号が欲しい人は使えばいいし、いやな人は使わないでいいくらいの自由は欲しい。行き倒れても、しばらくどこの誰だかわからなくても、番号を調べられ、それで早々と処理されるよりはましだ。

自分の名刺を持っているという人もいるが、名刺はあくまで組織やプライベートのもので、誰かを証明するためのものではない。

と考えてみると、自己証明は意外に難しいことがわかる。

私がどこかで倒れ、まだ意識があったとして、住所や名前を言うことができても、それが正しいかどうか誰が証明してくれるのだろう。

役所や銀行で本人確認をする際、生年月日のほかに干支は何かと聞かれることがあるが、それがほんとうに証明になるのだろうか。

認知症になって、自分の名前や住所、その他の情報を忘れてしまうことだってある。だから証明できるものを一つ持っていることは必要である。

大きな病院で何十年も院長秘書をやっていた知人は、ある程度の年になったら、一人で外を出歩く時は、何かあった時のために自分の名前や住所、家族の電話番号をメモしたものを財布にでも入れておいたほうがいいと言う。

脳梗塞などで急に意識を失うかもしれないし、最近増えつつある高齢者による危険運転で、事故に遭わないとも限らない。

マイナンバーカードを持ち歩くより、よっぽど有効である。

30 辞世の句を作る

御《お》巣《す》鷹《たか》の尾根に散った多くの命、航空史上最悪の飛行機事故といわれるＪＡＬ１２３便の犠牲者達は、家族や残された者への言葉を残していた。涙なくして、とても読むことができない。揺れる機体の中で書かれたメモ。乱れた文字。極限の状況下で、最後に伝えておきたい言葉がさまざまに綴られている。

その日が近づくと、ニュースが毎年くり返される。

歌手の坂本九さんも、乗客の一人だった。その九さんの歌の作詞をしていた永六輔さんは、作曲家の中村八大さんと同様に、６・８・９の数字を特別なものと考えていた。競馬をはじめ馬券、車券なんでも６・８・９しか買わなかった。

一人一人の思いの残った言葉は、その人が生きてきた証である。人の残した最期の言葉ほど、心に残るものはない。文学者達は、死を前にして辞世の句や歌を詠んだ。

糸瓜《へちま》咲て痰《たん》のつまりし仏かな

正岡子規の辞世の句と言われている。

私は俳句で遊ぶことがあるので、根岸にある子規が息を引きとった家を訪れたことがある。晩年はほとんど寝たきりで、書斎から庭を見て句を詠んだ。

私が訪れたのは春だったが、糸瓜棚につるが伸び始めていた。

痰のつまりし仏とは、死にゆく自分のことである。死を前にして冷静に自分を、自然を見ている。

何か表現の手段を持っていると、この世に一言呟いて別れを告げることができる。短いものがいいから、俳句や短歌がふさわしい。

私の母は少女時代から趣味で短歌を作っていた。亡くなった際、チラシの裏やノートの切れ端に、短歌らしきものが書きつけられているのを見つけた。

一周忌に間に合わすべく、私がその中から選んで、「むらさきの……」という歌集を作り、集った方々に配った。

世の中のなべてのものに耐えてきし
今さら我にものおじもなし

これが最後に作ったと思える短歌である。母の人生は、病の夫や子供の看病に明け暮れた日々であったが、最後は一人暮らしになって、死に向かって「ものおじもなし」と言う心境になった。

何も怖れるものはない。堂々と死と向き合っていたかと思うと、わが母ながら、ご立派！　と言うしかない。

私にはとてもそんなまねはできないけれど、せっかく俳句で遊んでいるのだから、心して辞世の句を考えておくのも悪くはない。

いざ死の直前になって考えようとしても、もはや気力もなくなっているだろうから、元気なうちに作っておこうと思っている。

詩でも漢詩でも単なる呟きでもいいから、自分の生きた証として表現しておきたい。

31 何気ない日常の大切さを知る

コロナで学んだことはいくつかある。仕事はリモートになり、満員電車に乗らなくて済むものの、画面を通じてしか人と話せなくなった。

会議もオンライン、飲み会もオンライン。最初のうちは目新しくて新鮮でも、だんだん人恋しくなってくる。面と向かって人と話すことがいかに大事か、再認識した人も多いのではなかろうか。

私は月1回、テレビの情報番組に生出演しているが、途中からリモートになった。放送局のスタジオから離れた小部屋で一人待っていると、技術の人がやってきてオンラインにセットしてくれ、そこから話をする。司会者は自宅の本棚の前だ。

「なんか気分がのらないナ」という思いは画面に出る。いつもと同じように話しているつもりだけれど、実につまらなそうな顔をしていたと指摘を受けた。やがて、再びスタジオにもどったが、今度は隣との間がアクリル板で仕切られていた。

それでも顔が見える。表情がわかる。この方がまだ生き生きと話せる。といっても密になってはいけないので、打ち合わせはそれぞれの控室からリモートで。

　いつまで、こんなことが続くのだろう。自宅で仕事をしている編集者達も家事や育児と、仕事との切り替えができなくて苦労しているという話をよく聞く。電話で打ち合わせをしていると、子供の泣き声が聞こえることもしばしばだ。

　こうなってみて初めて、今までの日常がいかに大事で貴重なものだったかがわかる。私の場合、自宅が仕事場のようなものだから自分で気持ちを切り替えるしかないが、それでも外での打ち合わせや取材、会食などがゼロになると、気が滅入ってくる。

　日常の大切さは、失ってみなければわからない。

　私達は、コロナから生き方を学んだ気がする。

　普通に日常生活を送れていることが、どんなに幸せなことなのか。

　白血病にかかった友人が言っていた。長い間の隔離生活から、初めて外に出た時の感激といったら！　日の光、青い空、空気、咲いている花や樹の緑、どれもが愛おしく、以前は見過ごしていたもの一つ一つに、目を向けるようになったと。

　しかし、それも時を経るにつれて再び薄れ、当たり前の日常になっていくことも事実だ。

せっかく感じることのできた喜びは、忘れないでいたい。忘れたら、時たまでいいから、思い出す努力をしよう。そうすれば、また有り難みを感じることができる。人生は、そのくり返しなのだ。

32 必要とされる幸せを味わう

なすべきこと、しなければならないことがあるのは幸せである。自分の生きる場で自分が必要とされることが、どんなに素晴らしいか。

かつて、気仙沼を訪れたことがあった。3・11の起きるずっと前、講演に行き、夜、作家の故中野孝次さんと人前で話をし、一泊。翌日、有名な魚市場のカツオを見学し、すぐそばの大島に渡った。

島に上陸して最初に訪れた小屋で、男がカキの殻むきをしていた。大島はカキが名物でもある。むかれたカキは容器に入れられ、殻がうず高く積まれていた。一つむくのに15〜30秒くらいだろうか。男は黙々として殻をむく。同じ動作のくり返しである。ひたすらに、ただひたすらに、殻をむく。同じことをやってみろと言われたら、私に耐えられるだろうか。

眺めているうちに、胸がいっぱいになった。今日も明日も明後日も、男がむいたカキの殻は積もっていき、それが男がした仕事の証明となる。

なんだかとてつもなく崇高な気がした。一種の行《ぎょう》のような……。これこそ仕事なのだ。必要とされるから殻をむく。誰もほめてはくれないが、むいてもむいても、むかれるべきカキが待っている。

これが仕事だ。私のように、講師などといわれて壇上で偉そうに話をし、時にテレビに出たり原稿を書いたり、人に知られていることが、いったい〝なんぼのもんじゃ〟。カキの殻をひたすらにむく男の仕事と比べたら、どれほどの値打ちがあるのだろうか。

そんなことを考えながら、島を一めぐりして船着き場にもどると、同じ姿勢で男はカキをむいていた。殻の山が少し高くなっていた。

3・11の東日本大震災は、気仙沼にも大きな被害をもたらした。数多くの漁港は津波で使いものにならず、大きな船が横倒しになっていた。私は有志から義捐金《ぎえんきん》を集め、面識のある市長のところに直接持っていった。

市長の家も流され、母上を火災から避難させるのがやっとだったという。

とりわけ大島の被害は大きかった。気仙沼そのものも宮城県の都市部から遠く離れているのに、さらに大島はその離れ島である。

カキむきの男は、どうしたろう。養殖されていたカキやワカメなどは多分全滅だったろう。港に座ってカキをひたすらむくという仕事を奪われて、彼はどうしているだろう。どこかでカキをむいていてくれるといいのだが……。

東欧の小さな国を訪れた時のことだ。ホテルから10分ほど歩いていったところに、手入れの行き届いた花壇があった。一人の老婆がじょうろを抱えて、やってきた。

公園の水道で水をいっぱいにし、花に水をやる。さほど花壇は大きくはないが、隅から隅までゆっくり水をかけると、30分はかかる。

じょうろに水がなくなると、また公園の水道で満たし、同じ動作をくり返す。次の朝もその次の朝も、水をやっている。

「花が必要としているから」

誰に命じられたのでもない。何かから、誰かから必要とされることを仕事という。

33 自分の死を知らせる連絡リストを作る

私が明日もし死んだとして、それを連絡してほしい人がいるだろうか。沢山いるような気もするし、誰もいないような気もする。

長い間、仕事をしているから、知人は沢山いるし、一度の面識でそのまま別れた人の数は知れない。活字の仕事は、一冊の本ができるまで長いつきあいになるが、テレビなどはレギュラー番組でもない限り、「こんちは、さよなら」で、全く記憶にない場合の方が多い。

個人的に親しくなることは少なく、私が死んだからといって、わざわざお手をわずらわすことはしたくない。訃報欄をたまたま見た人が、「あら、あの人も死んだわね」と思うくらいでいい。

日本国内、外国など旅先で親しくなって仲よくしている人がいるので、その人達には知らせたい。仕事関係でも、プライベートで心を許しあえる人が数人いるが、その人達だけで十分である。

ある時期まで、もし私の死後に何か集まりのようなことをするなら、人数を限って私の好きな場所で、おいしいものでも食べて悪口など言ってもらいたいと思っていたが、最近はそれも面倒になった。いつ消えたかわからぬように消えるのも悪くはない。

女優の野際陽子さんが亡くなったのは２０１７年だった。私がＮＨＫに就職し、名古屋に転勤した時、一年先輩のアナウンサーとして、世話になった。

きれいで頭がよく、非の打ちどころがない人で、私から見たら人づきあいもうまく、とてもまねができなかった。私は野際陽子にはなれないし、下重暁子という別の人間なのだと気づかせてもらってから、私自身の生き方ができるようになった。

野際さんは肺ガンで亡くなったが、近親者だけの葬儀で、偲《しの》ぶ会もしなかった。故人の遺志だったのだろう。ＮＨＫ時代に野際さんと親しかった先輩と二人で、お宅へ伺った。マネージャーとお嬢さんが迎えてくれた。

祭壇のある居間にはグランドピアノが置いてあった。私達が生まれ育った戦後の貧しい時代には、ピアノのある家は少なかった。５人きょうだいの長女だった野際さんにとって、ピアノは憧れの象徴だった。軍人の娘で公職追放にあった私の家にも、ピアノはなかった。

野際さんのピアノを見た時、涙が出た。彼女の気持ちが痛いほどわかったからだ。

それ以来、派手にあの世へ送ってもらう必要など感じなくなった。

どうしても知らせたい人の名前と連絡先だけ残しておけばいい。

そのような心境のもと、私は野際さんの弔辞を新聞に書いたが、しばらく会っていなかった知人がそれを読み、心を通じ合わせてくれたようだ。

そういう人達だけを選んで、連絡先を書いてわかりやすいところに置いておきたい。

最近はスマホに住所や電話番号など入れてあるが、やはり自分の字で、親しくしてもらったお礼の手紙を残しておきたい。

兼高かおるさんが亡くなられた際は、親しい人だけを通夜に招き、その席でフランス料理のフルコースがふるまわれた。なかなかおしゃれで、兼高さんに相応しくてよかった。

34　尊厳死について意思を残す

もう一つ、どうしても生前に自分で決めておかなければいけないことがある。

それは尊厳死に関する問題だ。自分の命を、延命治療によって延ばすかどうか。過剰な治療を行わずに、尊厳を持って自然な死を迎える場合を尊厳死という。

自分の命のことであるから、きちんと自分で決めておきたい。本人の意思がわからない時には、家族の意見で決まることもあるという。本人の意思をあらかじめ聞いていればいいが、聞いていない場合には、任せられた家族だって困ってしまう。だから、生前に本人の意思をはっきり聞いておくべきだ。

私は日本尊厳死協会から書類をとりよせており、いつでも書き入れれば提出できる状態にある。

人工呼吸器や点滴につながれ、自分で食べることもできず、胃ろうという形で栄養補給を続けていて、はたして幸せかどうか。

尊厳死とは別に、安楽死というのもあるが、日本では安楽死は認められていない。

オランダ、ベルギー、ルクセンブルク、スイスなど安楽死が認められている国もある。

この場合の安楽死は、積極的安楽死と呼ばれるもので、医師の手を借りることで死を選ぶ形をとる。現在のところ日本では認められていないが、やがて認められる日が来るのではないか。

というのも安楽死への反対が根強くある中で、賛成の意を表す人も増えているからだ。

脚本家の橋田壽賀子《すがこ》さんも、その一人。

「自分には家族も心を残した人もいませんから、寝たきりになったり、重度の認知症になったりして、人に迷惑をかけてまで生きていたくない。

体が自由に動かなくなったら、世話をしていただくのにいっぱいお金がかかる。そう思うと、お金も自由に使えない。保険みたいに安楽死があれば、お金が安心して使える」

もっともな意見であり、私もそれができればいいとは思うものの、一つだけ気になることがある。

意思表示が一切できない身体になって、しかし実際は自分が自分であることを意識できている。そういう状態の人間の命を絶つというのはどうかという気持ちもあり、尊厳死協会への書類の提出もまだ決まっていない。ということは、私自身何をもって死とするかという決定的考えがまだできていない、ということなのだろう。

しかし、それは生きる権利同様、死ぬ権利を自分の手にとりもどすことになるので、近々答えを出さねばならないだろうと思っている。

35 感謝の気持ちを持ち続ける

若い頃は、自分の力だけで生きていると思っていた。自信もあり、結構傲慢《ごうまん》だったと思う。

人やものに対する感謝の気持ちなど少なかった気がする。そうやって突っ張っているのも、若さの象徴である。

しかし最近になって、様々な場面で人に支えられて生きてこられたのだと思うようになった。それだけ死期が近づいた証拠かもしれない。

特にコロナ禍の時期、今まで順調に来たものが突然止まってしまい、自分の力ではどうにもならず、人の力を借りても立ちゆかぬことがあると悟らされた。

仕方がないので、この原稿を書くために軽井沢の山荘へこもった。

長野県では、東京から疎開してきた人々は、コロナを運んでくると思われていたようだ。車でひっそり行き、誰にも会わなかったが、どこか肩身が狭い思いをしていた。

緊急事態宣言が出されるギリギリのタイミングで無事辿りついたが、それからが大変だった。

着いた日の夜中、正確には次の日の午前2時、ものすごく大きな音がして目が覚めた。ベッドからとび起きると、隣のベッドにつれあいの姿がない(東京では寝室は別なのだが、軽井沢は狭いので同じ部屋)。部屋のドアが開いている。ドアの先は十二段はある階段である。

「落ちた!」と直感で思った。東京のつれあいの部屋はすぐ前がトイレなので、久しぶりに来た軽井沢で、トイレに行くつもりで目の前のドアを寝ぼけて開けたようだ。階下へ続く急な階段を、そのまま落ちたとみえる。

下をのぞくと、階段の下に横たわっている。意識はあったようで、這いながら上へのぼってきた。真夜中で申し訳なかったが、管理人の家へ電話をし、救急車を呼んでもらい、軽井沢病院へ運んでもらった。

レントゲンを撮ったところ、奇蹟的に大きな骨折はなく、左手小指に損傷があるくらい。応急手当で家にもどれた。ところが次の朝から目まいなどが激しく、院長の整形外科医が診察したところ、頭を打ったことによる硬膜下血腫の疑いありで入院となった。

　コロナの時期ゆえ、入院と同時に面会謝絶、必要なものを何も渡せず、コロナ禍の影響を思い知ることになった。

　私の家では、食事は料理が趣味のつれあいが作っている。つれあいの入院中、なんとか家にあるものでしのいでいると、そのことを聞きつけた有名レストランの主人が、私のために一日２食分の食事を毎日届けてくれた。なんと感謝したらいいか。

　５日後につれあいが退院した後は、二人分を。東京へもどりたいが、つれあいは運転できる状態ではない。すると、コロナでひまな知人が新幹線でやってきて、わが家の車を運転して東京まで送ってくれた。またまた感謝。

　行きつけの病院で調べると、一度軽井沢では止まったかに見えた脳からの出血があり、８月、９月と出血量は減ってはいるが、完全には止まっていない。

　そんな状態で、私一人では何かと大変だったが、何人もの人が助けてくれたおかげで、今のところ私は安心して暮らせている。

いざという時に、お互いを支え合っていることの大切さを身にしみて感じた。感謝の気持ちを忘れてはならない。友人知人のみならず、困っている人がいたら、私も自分にできることをしたいと思っている。受けた好意は、何らかの形で必ずお返ししたい。知っている人にも知らない人にも。

36 進んで喜ばれることをする

日本人は、知っている人には親切だが、知らない人には、そうとはいえない。ボランティアとは、知らない人にも知っている人にも、必要とされることには手を貸すことである。

災害などが多発するようになって、日本人も本来のボランティア精神に目覚めたようだ。

特に3・11、あの津波の映像などを見た人は、自分にも何かすることがあるのではないかと考えた。私も何かできないかと、同志と金を集めて、気仙沼の市長に届けに行ったりした。

かつて私が所属する日本旅行作家協会でも世話になったので、直接渡したかった。物見遊山に来たように思われるのを恐れたが、市長は言った。

「来てもらうだけでいいのです。被災地の状況を見てもらい、忘れないでいてくれることが大事なのです」

私達はその言葉に安堵して、現地の惨状を見てまわることができた。

進んで、人に喜ばれることをする。どんなに小さなことでもいい。人に喜ばれ、必要とされる人間でありたい。死が訪れる直前まで。

ボランティアを毎日するわけにはいかないが、人に喜ばれる仕事は続けたい。多少しんどいことでも、気の向かないことでも、必要とされ、喜ばれるうちが花である。そう思って、できるだけ原稿依頼も断らずに受けている。

講演やテレビ出演についてもそう思っているが、なかなか体がいうことを聞かず、断らざるを得ないこともある。しかし、講演先などがほんとうに私を必要としていると感じたら、お金ではなく、その必要度を基準にして、決めるようになった。

ボランティアであっても、私が何かの役に立つなら、進んでお手伝いをしたいと思っている。

何もボランティアや仕事でなくてもいい。例えば、家のゴミ出し一つでも、十分だ。

定年になった男性の場合、仕事がなくなって自分は何の役にも立たないと思って粗大ゴミとなっていく人が多いようだが、世の中にはあなたを必要としている人がいくらでもいる。

毎日家にいるのなら、何かできることを探してみよう。

家事の中で男性が一番手を出しやすく、妻が夫に頼みやすいのは、ゴミ出しだという。地方自治体によっては、分別を細かくせねばならぬところもあり、ゴミ出しも立派な仕事である。そこから、いかに無駄なものが多いか理解できるし、ポリ袋がどんなにこの世に害を及ぼしているかを知ることもできるから、一石二鳥だ。

どんなささいなことでもいい、進んでやって、誰かから喜ばれることが死ぬまであるのは、なんと幸せなことか。

37 「もう年だから」といわない

現在日本では、女性の４人に１人が70代以上だという。２０２０年の敬老の日に発表された推計だ。たいへんな勢いで高齢化が進んでいることがわかる。

第二次ベビーブームの人達が高齢者の仲間入りをすると、ますます増加する。

その実態に社会が対応していない。高齢者が増えるということは、明日死んでも不思議ではない人が増えるということでもある。

それだけ高齢者の数が増えているということは、いわば高齢者はあたり前で、若い人が珍しいということになる。

それならば高齢者を特別扱いせず普通に扱うべきだが、いまだに年齢でくくりたがる。後期高齢者だの何だのと、すぐ年齢でくくる。今や１００歳越えも珍しくなく、１００歳以上が増えすぎてこれをまたくくるなんてことになったら、どう呼ぶのか。後々々期高齢者？

いっそ、もう高齢者という呼び方はやめてしまった方がいい。

そうすれば、年のせいにして甘えることも少なくなるし、まわりも特別扱いしなくなるから、一人でがんばるしかなく、しっかりせざるを得ない。

「もう年ですから」という言葉、私は絶対使わない。

それは何もできないことのいいわけでしかなく、そういったとたんに、何も努力をしなくなるからだ。

高齢者は「年だから」に甘えてはいけない。

医者も「もうお年ですから」とか「加齢ですね」というセリフをやめてもらいたい。

もちろん年相応の衰えはあるにしても、今日を元気でしっかり生きられる高齢者が増えなければ、日本はどうなってしまうのか。

明日死んでもいいと思えるということは、いかに今日一日をしっかり生きるかということなのだ。

いくつになっても、年齢を意識して生きるのではなく、社会の中における「個」を自覚して生きる。今日を精いっぱい生きるために必要なことである。

38 ユーモアを忘れない

アルフォンス・デーケンさんが亡くなった。イエズス会の神父で、上智大学の教授でもあった。

彼は「死への準備教育」を説いて、ある時から授業でも「死の哲学」を語り始めた。

「死の準備教育」は、充実した生の基盤を作ること。死とは何かという終わりのない問いと向き合うことによって、生が明らかになる。

『よく生き　よく笑い　よき死と出会う』（新潮社刊）という著作があるが、デーケンさんはよく笑う人だった。人をよく笑わせる人でもあった。日常会話のはしばしにまでユーモアがあった。

私は日本旅行作家協会で御一緒していたが、たまたま私が現在会長を務めていて、挨拶などユーモアを入れてやると、いつもほめて下さった。

講演をお願いした時も、話の間に入るユーモアに、聴き手は笑いころげた。

カトリックの司祭なのに、全く堅苦しくない。祭服などつけず、普通のスーツ姿で市井に交じっているのが好きだった。だから長い間、私は司祭とは知らなかったくらいだ。

デーケンさんの笑顔は子供のように無邪気で、私は会合でデーケンさんを見つけると、ずっとそばにいた。

話しているだけで、今生きててよかったと思わせられた。

日本旅行作家協会の初代会長は、斎藤茂太《しげた》さんだった。歌人・斎藤茂吉の長男で精神科医、旅が好きで、海外も含めどのくらい御一緒したかわからない。

奥様の美智子さんが可愛い方で、みんなで美智子皇后と呼んでいた。

茂太先生は「モタさん」といって親しまれ、駄洒落が大好き。スピーチは短くてユーモアたっぷり、モタモタするのが大嫌いな人だった。

あれくらい短くてユーモアのあるスピーチができる人は他にいない。

モタさんも最後までお元気だったから、今でも亡くなった気がしない。亡くなった後もずっと著作は出ていて、あの笑顔は永遠に人々の心に残っている。

会員からあれくらい慕われた人もいない。従って亡くなるその日まで、永久会長だったし、現在は私が仮に会長を務めているだけであって、モタさんあっての旅好きの会である。

デーケンさんは、会合に来ると、いつもその雰囲気をほめて下さった。

モタさんもデーケンさんもユーモアがあったから、いつ会っても柔和だし、怒った顔を見たことがない。

ユーモアとは、ゆとりである。

人間のゆとり、大きさである。

人を包みこむような人間だからこそ、いつもユーモアを忘れない。

芭蕉も最終的におかしみ、つまりユーモアを目ざした。

芸術性高く、考えぬかれた先にあるものの境地とは、こういうものなのだろう。

今日を一生懸命生きるのもいいが、できればユーモアを持って、楽しんで明日につなげたいものだ。

39　若い友達を持つ

年をとったら、自分よりずっと若い友達を持ちたい。

いくら若くてもいい。私の場合でいえば仕事柄、編集者とのつきあいがある。現役の編集者は30〜40代が多い。仕事上の話をしている分には、違和感は全くない。

ただ社会の出来事や政治、活躍している音楽家や役者の話になると、私が知っていて当たり前と思うことを編集者が知らなかったり、編集者が知っている名前が私に通じなかったりする。

それを私は面白がって聞く。彼等の話を聞いて、「へぇー」と感心することも多いし、ＳＮＳに関する話で盛り上がることもある。

おかげで私はＬＩＮＥもやっているし、写真もスマホでとっている。

同じ年頃の人と話をしていると、安心はできるが、驚きがない。ちっともときめくことがないから、私は若い人とつきあう。

瀬戸内寂聴さんの秘書も大変若い方で、一度私も帝国ホテルで挨拶したことがある。瀬戸内さんがすっかり若返り、車椅子も必要なくスタスタ歩いて、私が瀬戸内さんに「あ、この方が……」といったら、「そうよ、この子よ」と嬉しそうだった。年の差は66歳だというが、実に楽しそうにおしゃべりしていた。

生きている間は、可能な限り、若者とつきあいたい。若者もまた年上の人から学ぶことが多いに違いない。

つれあいは大学で教えていたから、その教え子達と一緒に私も酒を飲みに行ったりする。

お互いに若者と一緒にいられる仕事でよかったとつくづく思う。つれあいは教え子達からの、結婚した、子供が生まれた、離婚したという報告が頻繁に来ていて忙しいようだ。

二人とも、若い友人達のおかげで、明日死んでもいいほど楽しくいられるのだ。

40　体を元気に保つ

明日死んでもいいということは、健康だからいえること。体のどこかが痛くてたまらない時は、人生を充実させる余裕などなく、逆に早く死にたいと思うのだろうか。前述の白血病にかかり、生死の境をさまよった友人は、「知らない間に死と戦いながら、生きることを選んでいた」という。

明日死んでもいいと思えるためには、今が充実していなくてはならない。そのためには、体の手入れはいつもしておかなければならない。

手入れの仕方は、人それぞれである。無理に人まねをして一日1万歩と決めて歩いたり、毎朝ジョギングするなど無理をしてはいけない。体は一人一人違うのだから、自分に合うと思うことを続けるのが一番いいはずだ。

健康を保つ上で大切なのは、免疫力をつけること。日本人は清潔好きで、かえって免疫力が落ちているともいわれる。殺菌剤などをよく使うし、ちょっとした汚れも気にする。きれい好きがあだになって、アレルギーの子供達が増えているとも聞く。

こういったことを教えてくれるのは、私がいつも体のメンテナンスをしてもらっている、医師であり鍼灸師《しんきゅうし》でもある中国人女性だ。

文化大革命時に、医学生だった彼女は下放《かほう》（農村に行って労働すること）され、家族と引き離されている間に父親は亡くなり、夫は浮気し、結局一人娘をつれて日本へ渡ったという苦労人でもある。

三國連太郎さんに紹介してもらって以来、何十年も通い続けている。鍼《はり》やお灸、吸玉などで2〜3時間ほどかかるが、2週間に1回通うことで私の免疫力は保たれている。

もともと西洋医でもあるので、調子が悪い時には診察もしてくれる。触診や聴診器で、体を触ったりお腹をポンポンたたいて音でも診断している。

最近の病院は、検査結果の数値だけで病気を判断しているようだが、彼女は昔ながらの血色や手触りを大事にする。この先生の言うことが、私は一番腑に落ちる。通い始めてから、持病だった胃下垂もすっかりよくなり、カレーやコーヒーを受けつけなかったほど胃腸が弱かったのに、今やそれらの刺激物は大好物である。

自分の体なのだから、自分に合った医師や予防法、治療法は、自分で探して見つけるべきである。病気はいったん進行してしまうと治すのが大変だから、病気になる前に治す、つまり未病の段階で治療することが大事だと教えられたが、その重要性を私の体が証明してくれている。

41　完璧主義をやめる

芸能人の自死が相次いでいる。

それだけではなく、コロナ禍において、実は自死が目に見えぬところで増えていると医療関係者の友人が言っていた。家にこもることで感情のはけ口がなくなり、鬱になりがちだという。子供や夫が常に一緒というのも、ストレスになる場合がある。

こうした時期に完璧主義を貫こうとするのは辛い。しかし、それで通っていたとしたら、急に手を抜くこともできない。

よく気がつき、人に親切で、誕生日やお中元、お歳暮ときっちり世間の義理を果たさずにいられない人は、きっとどこかで無理をしている。

どこか抜けている人の方が、人間味があってつきあいやすい。完璧主義の友人もいるが、いつも何かを気にしてピリピリしていることが多い。

もっとおっとりのどかで、おっちょこちょいでもいいではないか。

私はよく「おめでたい才能」というのだが、言葉を換えれば楽観的で、多少鈍感なくらいがいい。

世間や家族や友人などあらゆる人に気を遣っていては、とても明日死んでもいいなどと達観することはできない。

他人の都合に合わせるために、私達は生きているわけではないし、死ぬわけでもない。自分の力ではいかんともしがたい力によって死へ誘《いざな》われるのだから、「ま、いっか、おまかせしますよ」くらいの余裕がないと、死を受け入れられないだろうと思う。

死に抗おうとすると、死に顔が歪んでしまうかもしれない。

お棺の中を見るとき、その顔を見て安心することもあるし、あまりの険しさに辛くなることもある。

その顔に、死に至るまでの全てが表れているといってもいい。

死を前にして、自分の死に顔のことまで心配したくはない。よくも悪くも自分にしかない人生だったと、おめでたく、潔く、自分をほめてやろうじゃないか。

「お疲れさまでした」

「安らかにお眠りください」

「御冥福をお祈りします」

という生者の言葉に、ゆとりを持って答えるために。

42　仏壇に毎朝手を合わせる

人は一番親しい人のことを何も知らない。まず家族。父、母、きょうだい、それ以前に自分自身のことすらよく知らない。

父も母も兄も亡くなり、亡くなって初めて彼等のことを何も知らなかったことに私も気がついた。ずっと一緒にいたのだから知り合う時間は沢山あったはずだが、そばにいるだけで知っていると勘違いしていた。

私の父と母は、再婚同士で兄と私は母親が違うのだが、成長するまで二人とも何も知らなかったし、父に対しては反抗にあけくれ、話などする気もなく、一番近しいはずの母のこともその死後、結婚前に父と母の間で１００通ほど交わされた手紙を見て、初めてその鬱屈《うつくつ》した情熱を知ることになる。

遺物を整理していて偶然見つけた手紙の中の母は、私の全く知らない一人の女であった。

知人の介護の専門家は自分の母親の好物すら知らず、１００歳近い母親に淡白なものばかり持っていった。ほんとうは肉好きだったというのに。

互いによく知らないのに、なんでも知っていると思って暮らしていた。そうした自分があまりに情けなく、私は父へ、母へ、そして兄へ手紙を書いた。死者は何も答えてはくれないが、私は手紙を書くことで、自分自身を知ることができた。それはそれで、よかったと思っている。

彼等は今、どこにいるのか。墓の中ではない。彼等は死んだ後、私自身の血となり肉となり、私に同化したと思っている。

形として残るのは骨だけ。彼等の思いや感性は私に引き継がれ、あるいは空気のように風の中に漂っている。ということは、生きている人の中に、もしくは自然の中に、死者が宿っていると思っていいだろう。

死者は生者と共に生きるのだ。そう考えると、遠く隔てられているように感じる死者が、ごく近くに存在しているように思える。

私は毎朝、仏壇に手を合わせる。

私の寝室には小さな箱型の仏壇があり、私とつれあいの家族の位牌がある。

別に信心深いわけではないが、もう習い性となり、起きるとすぐ仏壇の水をかえ、しばらく手を合わせる。何かお願いごとをするわけでもなく、なむあみだぶつと唱えるわけでもない。

ただ手を合わせていると、不思議と心が安らぐのだ。

春と秋のお彼岸には、文京区の光源寺にある下重家の墓に、彼等の好きだった花を選んで持っていくし、つれあいの父母の眠る多磨霊園にも行く。

これらは死者のためのものではない。生きている人のための行事であり、明日死んでもいいためのレッスンなのだ。

43 自己表現を最期までする

生きるということは、自己表現することだと思っている。

文学や絵画、音楽などで自己表現できる人達は、自分が死んだ後も、自己表現の成果がこの世に残り、後世に影響を与え続けることもあるが、多くの人の場合、「死んでしまえばおしめぇよ」ということになりがちである。

それならば、生きている間に精いっぱい自己表現をしておかねばならない。

明日死んでもいいと思うためには、常に自己表現をしておく必要があると私は思っている。

生きていること自体が自己表現なのだから、特別のことをしなくてもいい。一言声を発するのも自己表現だし、おしゃれをするのも自己表現。メールをしたり文字を書くのも自己表現だ。

人生のしめくくりを自分はどうつけるか、というのは究極の自己表現である。もはや何もしたくないと、ただ孤独死を待つのも自己表現である。

自死も自己表現だし、即身仏になるために食を断つというのも、大いなる自己表現である。

自分に一番相応しい自己表現とは何か。何かをすることか、何もしないことか。

死にたいというのも意志なら、死にたくないというのも意志だ。

その意志に従って自己表現する。死から逃げて逃げて逃げまくってやるというのも、意志的な生き方であるのはまちがいない。

私は逃げ足があまり早くない。走るのも苦手だ。いくら逃げたとしても、たかが知れている。それなら無駄な抵抗はせず、「お迎えに来ましたよ」「そうですか」と、迎えの車にさっさと乗って、あの世とやらに出かけていきたい。

私の好きだった母の弟の妻にあたる美しい女《ひと》は、満月の日に、それもスーパームーンの日に召された。まるで、かぐや姫のように。

あの世は何もない無の世界と考える人が、死から逃れたい気持ちはわかる。

私は、あの世とやらを知ってみたい気持ちがある。まだ体験したことのない世界を見てみたい。長年生きて様々な体験をしたが、死だけは体験したことがないからだ。

ほんとうに死んでからの行く先は分かれるのか、誰もが同じ暗闇にもどるのか。結局のところ、死んでみなければわからない。

となると、私の好奇心は余計にかきたてられる。

初体験の楽しみが、そこにはある。死を弄《もてあそ》ぶ不謹慎な輩《やから》と言われようが、死への興味や誘惑が生きている今の私にはあり、死がそれほどいやなこととも思えない。

その思いをここに書き綴っておきたい。あれこれ想像するのも、自己表現だ。

死んだらさすがに自己表現はできないはずだ。もしできるとすれば、お化けや幽霊、妖怪になって、生きている人を驚かすしかないだろうが、さすがにそれは遠慮したいと思う。

44 死ぬ時は死ぬがよろし

良寛《りようかん》という江戸時代後期に生きた僧がいる。有名な禅僧であり、俳人、歌人であり、書家でもあった。

その字ののびやかで自由なこと！　何ものにもとらわれず一人暮らしだったが、人々に愛され、恋人らしき尼僧に看とられた。

まことに羨ましき人生だ。

その自由な生き方を「44のレッスン」の最後にしたい。

私の母は新潟上越の出身であることはすでに書いたが、子供の頃から良寛さんの話をよく聞かされた。

日本海に面した新潟県出雲崎の名主《なぬし》の跡取りとして生まれ、「昼あんどん」と呼ばれていたという。

「昼あんどん」とは、昼間の灯りだから、いわば役立たず穀《ごく》つぶしという意味だろう。

放浪の旅に出た良寛は、諸国行脚《あんぎや》の末、故郷越後にもどって西蒲原郡の国上《くがみ》山の五合《ごごう》庵《あん》を建て、晩年を過した。

私はそこを何度か訪れているが、杉木立に囲まれた山の中腹、墨染めの衣と托鉢用の鉢、子供と遊ぶための鞠《まり》の他には何もない質素な佇《たたずま》い。山を下りて托鉢《たくはつ》に出ると、人々から書を求められ、子供達は後について、五合庵に遊びに来た。

生きるための必要最小限のものしかなく、自然と共に呼吸する生活。それでいて人間界を拒絶するのではなく、人々の中にあっても自由を決して失うことのない生き方だった。

焚くほどは風がもてくる落葉かな

長岡藩主から城下に寺を作るから、その住職にと請われた時の句である。

「煮炊きするものは、風が運んでくる落葉で十分です」とやんわりと断った。

その良寛が、知人から相談された。

「良寛さん、火事や厄災から身を守るにはどうしたらいいですか」

良寛の答えは、

「災難に逢う時節には災難に逢うがよく候
死ぬ時節には死ぬがよく候
これはこれ災難をのがるる妙法にて候」

と、このような答えであったという。

私たちは、もし火事になったら、地震が来たら、と怯《おび》えて暮らしている。

もちろん備えは必要だが、気持ちまでそれに縛られていては、自由に生きられない。

心を自由にしておくために、「来るものは来い」とどんと構えていれば、心安らかに生きることができる。

何物にも縛られず、自由に生きるためには、そうした開き直りが必要である。

凡人にはなかなか難しそうに思えるが。

良寛さんは死についての答えとして、こう言っている。

「死ぬ時節には死ぬがよく候」

それが死の恐怖から逃れるための方法だと教えてくれる。

「災難に遭う時は遭うがよろし
死ぬ時は死ぬがよろし」

私は自分にそう言い聞かせている。

私の寿命はいつまでなのか。明日かもしれないし、明後日かもしれない。1年後かも、10年後かもしれない。

それを、くよくよ考えてみたところで仕方ない。

「死ぬ時は死ぬがよろし」

明日死んでもいいための44のレッスンの最後は、この言葉でしめくくりたい。

著者略歴

下重暁子《しもじゅうあきこ》

早稲田大学教育学部国語国文学科卒業後、ＮＨＫに入局。女性トップアナウンサーとして活躍後、フリーとなる。民放キャスターを経て、文筆活動に入る。ジャンルはエッセイ、評論、ノンフィクション、小説と多岐にわたる。公益財団法人ＪＫＡ（旧・日本自転車振興会）会長等を歴任。現在、日本ペンクラブ副会長、日本旅行作家協会会長。『家族という病』『家族という病２』『極上の孤独』『年齢は捨てなさい』（すべて幻冬舎新書）など著書多数。

幻冬舎新書 608

明日死んでもいいための44のレッスン

二〇二一年一月二十五日 第一刷発行
二〇二一年二月 十 日 第二刷発行

著者 下重暁子
発行人 志儀保博
編集人 小木田順子
編集者 四本恭子

発行所 株式会社 幻冬舎
〒一五一―〇〇五一 東京都渋谷区千駄ヶ谷四―九―七
電話 〇三―五四一一―六二一一(編集)
〇三―五四一一―六二二二(営業)
振替 〇〇一二〇―八―七六七六四三

ブックデザイン 鈴木成一デザイン室
印刷・製本所 中央精版印刷株式会社

Printed in Japan ISBN978-4-344-98610-7 C0295
し-10-5

幻冬舎ホームページアドレス https://www.gentosha.co.jp/
*この本に関するご意見・ご感想をメールでお寄せいただく場合は、comment@gentosha.co.jp まで。

斎藤環

中高年ひきこもり

40〜64歳のひきこもりは推計61万人。家族の孤立、孤独死・生活保護受給者の大量発生等、中高年ひきこもりはいまや日本の重大な社会問題だ。ひきこもりとは何か。何が正しい支援なのか。第一人者が解説。

山本健人

医者が教える 正しい病院のかかり方

点滴は風邪に効く？ 抗生物質で風邪は治る？ がんは切るべきか切らざるべきか？ 玉石混淆の医療情報があふれかえる中、ベストな治療を受け命を守るために必要な基本知識60を現役外科医が解説。

吉原珠央

自分のことは話すな

仕事と人間関係を劇的によくする技術

「自分の話」をやめるだけで、仕事も人間関係も俄然よくなると著者は断言。その根拠とは？「『自分をわかってほしい』と思うことほど傲慢なことはない」など会話の盲点を指摘した一冊。

藤原るか

介護ヘルパーはデリヘルじゃない

在宅の実態とハラスメント

２０１８年の調査では4割の介護ヘルパーがセクハラを受けたと回答。介護歴28年、百戦錬磨の著者自身も幾度となく経験。介護職におけるパワハラ・セクハラをなくすためのヘルパー奮闘記。

幻冬舎新書

篠藤ゆり

ルポ　シニア婚活

還暦を過ぎて子どもがほしくなり31歳スリランカ人と成婚した61歳男性。ピースボートで72歳男性に求婚された80歳女性。インタビューで見えてきたシニア婚活の実態と成婚への道筋を紹介する。

藤垣裕子　柳川範之

東大教授が考えるあたらしい教養

東大教授2人が提唱する教養とは「正解のない問いに対し、意見の異なる他者との議論を通して思考を柔軟にし、〈自分がよりよいと考える答え〉にたどり着くこと」。その意味するところを解説。

丹羽宇一郎

人間の本性

古今東西の哲学者は「人間とは何か」を探求し続けている。この深遠な問いに対し、伊藤忠商事元会長、元中国大使で稀代の読書家でもある著者が、その豊富な人生経験から考察した一冊。

勢古浩爾

人生の正解

著者いわく、まっとうな人生の条件とは「誠実」「力を尽くす」「負けない」の三つ。なぜ、そういえるのか？　読めば、不思議と生きるチカラが湧いてくる画期的人生論。